Karl Friedrich Hensler

Eugenius Skoko, Erbprinz von Dalmatien

Ein historisches Schauspiel in fünf Aufzügen

Karl Friedrich Hensler

Eugenius Skoko, Erbprinz von Dalmatien
Ein historisches Schauspiel in fünf Aufzügen

ISBN/EAN: 9783743630444

Hergestellt in Europa, USA, Kanada, Australien, Japan

Cover: Foto ©Andreas Hilbeck / pixelio.de

Weitere Bücher finden Sie auf **www.hansebooks.com**

Eugenius Skoko,

Erbprinz von Dalmatien.

Ein
historisches Schauspiel
in
fünf Aufzügen,
nach der Geschichte
für die
Marinellische Schaubühne bearbeitet
von
Karl Friedrich Hensler.

Wien,
bey Joseph Camesina.

1798.

Personen.

Andreas, Herzog von Dalmatien.
Eugenius Skoko, sein Stiefsohn, Erbprinz.
Giorgi Slymba, ein ungarischer Edler.
Zaluska, ein Ungar.
Harduini, ein Venezianer.
Agnese Cyani, seine Anverwandte.
Bytta, Kammerzofe der Agnese.
Ritter Otto von Glan.
Theodosia, seine Tochter.
Huggy, ein Greis, ein verwiesener Edler.
Ritter Wlakka.
Tosti, Schiffhauptmann.
Stoklo, }
Groloh, } dalmatische Edelleute.
Claudia, Wartfrau.
Felicio, ein Kind, von 4 Jahren.
Blanka Pietrino, ein dalmatisches Mädchen.
Eine verschleyerte Dame.
Brazza, Skokos Leibknecht.
Dalmatische Ritter.
Volk in Jadera.
Leibtrabanten des Herzogs.

Die Handlung fällt in das 14. Jahrhundert.

Erster Aufzug.

Erster Auftritt.

Ouverture, welche ein heftiges Gewitter ausdrückt. Die Bühne stellt eine düstere Waldgegend mit einer Felsenhöhle vor, nahe bey Jadera. Eugenius Skoko. Slymba. Zaluska. Mehrere ungarische Edelleute. In der Ferne einige Knechte; alle in Mäntel gehüllt. Brazza, Eugens Leibknecht.

Eugenius.

Wir haben uns verirrt! Slymba! so nahe an der Residenz — es läßt mich nichts gutes ahnden.

Slymba. Schon drey Tage dieser anhaltende Regen. Die Rosse finden keinen Grund mehr, und jetzt, da wir so nahe am Ziel sind, dieses schreckliche Gewitter!

Eug. Slymba! Mir bangt vor dem Willkomm des Herzogs. O der schnelle Tod meiner Mutter —

Zaluska. Vor drey Monaten erhielten wir den Eilbothen, als wir eben nach der gewonnenen Schlacht bey Solina ins Lager zogen.

Eug. Und vor 8 Tagen erhalte ich den Befehl, nach Jadera zurückzukehren, um an den Vermählungs-Feyerlichkeiten meiner neuen Stiefmutter Theil zu nehmen — o Slymba! (Blitz und Donnerschlag. Lehnt sich mit Schmerz auf seine Schulter.)

Slym. Kommt, Prinz! das Gewitter wüthet fürchterlich — bergen wir uns in diese Höhle —

Zal. Bindet die Rosse an, Knechte! dann folgt uns, und schützet euch vor Regen und Frost.

Brazza. Wie die Bestien schnauben und sprudeln, nicht anders, als wenn hier irgendwo ein Kobold hauste.

Slym. Narr!

Braz. Seht nur dorthin, wie sich mein Wallach bäumt — weisser Schaum wallt ihm durchs Gebiß, und die Schweißtropfen hängen wie Perlen auf seinem Rücken.

Eug. Bindet die Rosse fester, und dann kommt ihr nach. (die Knechte ab.)

(Wie Eugenius, Slymba und Zaluska in die Höhle treten wollen, kommt ihnen ein altes, zitterndes Mütterchen entgegen, an Krücken daher wankend.)

Zweyter Auftritt.

Vorige. das alte Weib.

D. a. Weib. Gut Glück, edle, tapfere Herren! willkommen so nahe bey Jadera!

Zaluska. Halts Maul, du Donnerhexe! oder schaff dir eine andere Kehle.

Slym. Solch' eine verdorrte Knochenfigur hab ich mein Lebstag nicht gesehen. Pfui! da darf man kein Roß seyn, um scheu zu werden.

Eug. Was willst du, Alte!

D. a. Weib. Seyd mir gegrüßt, Prinz von Dalmatien!

Slym. Wo hast du seine Bekanntschaft gemacht?

D. a. Weib. Oben und unten, in den Lüften und Klüften, mein Schatz!

Slym. Vettel! wer will dein Schatz seyn? Soll ich Beelzebubs Großmutter in den Koth werfen? Prinz!

D. a. Weib. (mit winselndem Gelächter.) Hi, hi, hi! renne durch Mauern, wenn sie nicht fallen — durch Felsen, wenn sie nicht weichen, durch Meere und Ströhme — aber nimm dein Köpfchen in Acht, Schätzchen!

Eug. Wir haben uns verirrt, Alte! zeig uns den rechten Weg.

D. a. Weib. Ey — ja doch — reitet nur immer den Schweifen eurer Pferde nach.

Zal. Hört doch, Prinz! dieser Berg von Runzeln beliebt mit uns zu scherzen. Wohin führt uns die Strasse nach Jadera?

D. a. Weib. Zurück, Eugenius! zurück — Kind ohne Vater und Mutter — Prinz ohne Land und Reich, Mann ohne Glück und Stern! du ziehest an einen Ort, wo du in Verzweiflung finden wirst, was du nicht suchest, und suchest, was du nicht findest.

Slr. Versteht ihr was von dem Unsinn, gnädiger Herr!

Eug. Wo befinden wir uns gegenwärtig? Alte!

D. a. Weib. Dieser Wald gränzt an die Insel Majolina.

Zal. Also noch eine Stunde von der Residenz?

D. a. Weib. Ja — dort herrscht der Wittwer Andreas, der nicht ist, was er zu seyn vorgiebt. Todten- und Hochzeitfackeln brennen um die Wette. (zu Eug.) Kehret zurück, Mann ohne Glück und Stern! In Siebenbürgen habt ihr Siege erfochten, Niederlagen erwarten euch in Jadera. Euch wäre besser in den nordischen Schneewüsten, dann in Dalmatiens Paradiese. Dort würden die Bären euch Speise bringen, und die Wölfinnen euch tränken, hier ist kein Hund, der eure Geschwüre lecket.

Eug. Hat man den Sohn des Fürsten Albertus in Jadera vergessen?

D. a. Weib. Vergessen und nicht vergessen. Zweyerley ist das Herz des Menschen, und zweyerley sein Gedächtniß.

Slym. Warum verweilen wir bey dieser Zigeunerinn? Vorwärts, Prinz! die Zeit streicht vorbey, und Jadera rückt nicht von selbst heran.

D. a. W. Zurück, Skoko! zurück von Jadera!

Zal. (drohend) Du — Alte! — Bist du eine Wahrsagerinn?

D. a. Weib. Wir wissen's, und können's nicht sagen; Wir sagen's, und ihr könnt's nicht deuten. (zu Eug.) Prinz von Dalmatien! denket meiner, wenn Stürme über euch wüthen in Jadera, und Gewitterwolken über euerm Schedel hängen, die euch bey dem ersten Zerplazen zu vernichten drohen. Denkt meiner, Prinz! und vergesset nicht die Insel Majolina — dort blühet euer Glück, dort findet ihr Ruhe in den Gräbern eurer Voraltern. (ab.)

Eug. Brüder! glaubet mir, wichtige Dinge gehen in der Welt vor. O ich habe böse, böse Ahndungen. Slymba! daß auch noch meine Mutter starb, so jählings hinstarb, das ist das Signal zu einem unglücklichen Leben. O hättet ihr meine Mutter gekannt — Sophie war ihr Nahme! ihr ganzes Wesen und Thun Tugend und Liebe — und mein grosser, ehrwürdiger Vater —

Slym. Als Knabe schon lallt' ich Albertus Nahmen mit Entzücken.

Eug. Wie konnte meine Mutter seiner vergessen, wie konnte ihr Herz, das einst einem Albertus schlug, eben so zärtlich für den weibischen Andreas schlagen, nicht einmal entsprossen aus dem fürstlichen Stamme Dalmatiens; vorwärts, Freunde! Wir erleben wunderliche Dinge. Man wird mich zurückdrängen von der Krone, die Kreaturen meines vielgeliebten Stiefvaters werden mir Gruben graben, und Fallstricke legen — vorwärts, tapfere Ungarn! (tritt in ihre Mitte) auf euch stüze ich mich — an eurer Seite überwand ich die rebellischen Hospodaren, — an eurer Seite will ich mir auch meinen rechtmässig angeerbten Thron erkämpfen.

Slym. Vorwärts, Prinz! für euch Blut und Leben —

Zal. Und Treue bis in den Tod. (alle ab)

Dritter Auftritt.

(Gemach in dem fürstlichen Pallast in Jadera.)

Fürst Andreas. Harduini.

(Sie kommen aus dem Seiten-Cabinet.)

Hard. Laune, nichts als Laune, gnädigster Herr! und die ist allen Weibern eigen.

And. Aber der Aufschub der Vermählung — ihr Ansuchen, dieselbe bis zur Ankunft meines Stiefsohnes zu verzögern —

Hard. Sie weiß nicht, was sie will. Die Menge fremder Menschen, welche sich um sie drängt — die ungewöhnlichen Verhältnisse — das Geräusch des Hoflebens im Kontrast mit ihrer ehemaligen Einsamkeit — das alles kann wohl sonderbar auf ihr Herz wirken.

And. Agnese scheint mir aber sehr betrübt und mißvergnügt zu seyn.

Hard. Sie ist nicht betrübt, sondern betäubt — nicht mißvergnügt, sondern von der übergrossen Wonne zu hart ergriffen — abgespannt — entnervt —

And. Und doch macht mich das so ängstlich. Harduini! wenn etwa ein anderer Wurm an ihrem Herzen nagte? Agnese ist jung, das leichte Blut stürzt noch rasch durch die Kanäle, und setzt unwillkührlich die Einbildungskraft in gewaltsame Bewegungen, die dem Herzen nicht immer heilsam sind.

Hard. (ihn nicht begreifend) Auch das möglich! aber — wie meint ihr das?

And. Da darf nur ein vergangenes Traumbild ihr von neuem aufsteigen, was weiland ihr lieb war — schnell wirft sie die glänzende Gegenwart hin, um diesem alten Abgott zu huldigen.

Hard. Ich fasse euren Gedanken.

And. Ihr habt ihn gefaßt, und ihr zittert nicht für meine Ruhe?

Hard. Keineswegs, gnädigster Herr! ich kenne meine Nichte; aber das ist noch sehr wenig — ich kenne die Weiberherzen insgesammt.

And. Wenn ihr doch lieber sagen wolltet: ich kenne die Weiber, und das ist wenig — aber ich kenne Agnesen —

Hard. Auch so —

And. (vertraulich) Wenn nun zum Beispiel —

Hard. Ich weiß, was ihr meinet. Wenn nun zum Beispiel Agnesens Herz für einen andern schon früher geschlagen hätte? das ist nichts unmögmögliches, vielmehr etwas gewisses. Agnese ist schön — sie liebte, und das wißt ihr, gnädigster Herr! aus meinem und ihrem eigenen Munde. Ludomiro — der Nahme ist euch nicht unbekannt, Agnese liebte unglücklich, das war euer Glück.

And. Aber vielleicht auch mein Unglück.

Hard. Worinn denn? Ludomiro ist tod — und wenn er auch noch lebte, so ist durch den Wechsel der Verhältnisse jedes andre, alte Verhältniß aufgehoben. Agnese Cyani wird Fürstin —

And. Aeussere Verhältnisse heben die innern nicht auf.

Hard. Ihr seyd sehr sinnreich in Vermehrung eurer Unruhe.

And. (ihm halbbittend die Hand drückend) O Harduini! ihr wollt mir eine Gemahlin geben, gebt mir auch ihr Herz voll Liebe.

Hard. (mit einer stummen Verbeugung) Sie hat mich nach der Villa Cosana beschieden — ich will sie erforschen.

And. O geht, geht — Harduini! Lasset euch nichts abhalten — forschet nach der Ursache ihrer Schwermuth — und bringet mir frohe Botschaft —

Hard. Ich gehorche eurem Befehl. (ab.)

And. (allein) Ewig schwebt der goldene Apfel mir vor, und ich nenne ihn nicht mein; die süße Welle spielt mir um die Lippen, und labt mir die dürstende Zunge nicht! O Eugenius! durch dich sehe ich die Zahl meiner Feinde sich vergrössern. So hat doch der Verbrecher keine Freude, keine

Ruhe

Ruhe auf dieser Welt; die Rosen, welche er sich pflanzt, werden Disteln auf seinem Acker, und seine besten Freunde kützeln ihn mit — Skorpionstacheln (will fort. Otto von Glan eilt zur Hauptthüre herein.)

Vierter Auftritt.

Fürst Andreas. Otto von Glan.

Glan. Er kömmt, gnädigster Herr! Skoko kommt, der Besieger der Hospodaren! Zahlloses Volk strömt ihm entgegen aus der Stadt, und schwärmt umher mit rasender Freude. Alt und Jung schwenkt Hüthe und Mützen in die Luft, und schreyt eurem Stiefsohn ein gellendes Vivat zu.

And. (ironisch) Jede Huldigung, die meinem Stiefsohne widerfährt, ist mir angenehmer, als würde sie mir selber erzeigt.

Fünfter Auftritt.

Vorige. Stello.

Stello. So eben ist er im Triumph über die Brücken gezogen, an den Ruinen Trajans vorbey. Die Leute breiten ihre Kleider vor ihm aus auf dem Wege, es regnet Blumen und Kränze auf ihn nieder von allen Fenstern, sogar die Kranken lassen ihre Betten auf die Strassen tragen, um ihn zu sehen. (Man hört entfernt Trompetenschall

schall, herannahendes Getümmel und wildes Freudengeschrey.)

Volk. Vivat Eugenius Skoko! der Besieger der Hospodaren!

Glan. Froher Jubel verkündet seine Ankunft.

And. (beis. zu Stello.) Mir bangt, ihn zu sehen!

(Die Thüren fliegen auf, Andreas eilt ihm entgegen.)

Sechster Auftritt.

Vorige. Eugenius Skoko. Slymba, Zaluska. Volk vor den Thüren, welches das Jubelgeschrey wiederholt.

Eug. (mit langsamer Verbeugung.) Mein gnädigster Fürst und Herr!

And. Willkommen deinem entzückten Vaterlande, willkommen diesem väterlichen Herzen, mein Sohn! (umarmt ihn.)

Glan. (mit Unterwürfigkeit.) Seyd uns willkommen, tapferer Held! würdiger Sohn des Albertus!

Eug. (ihm die Hand reichend.) So schön hat mich noch Niemand willkommen geheissen, als ihr, alter Glan! Willkommen, weiland getreuer Knecht meines Vaters Albertus!

And. Nun bin ich ruhig und zufrieden. O mein Sohn! wie willst du mir die schlaflosen Nächte bezahlen, welche ich mit banger Besorgniß für dein Leben durchwacht habe.

Eug.

Eug. Ihr hättet meinetwillen schlummerlose Nächte gehabt?

And. Kannst du dieß fragen? Wenn mich des Abends der Gedanke zum Lager begleitete: Siehe, in diesem Augenblick zielt vielleicht ein Wurfspieß nach dem Herzen meines Sohnes, oder ein geschwungener Säbel nach seinem Scheidel, Meinst du, daß dieß einem Vater süße Träume erwecken könne?

Eug. Ich denke — zuweilen doch —

And. Und als nun die frohe Botschaft zu uns herüberflog, Eugenius führe den Sieg unter den Fahnen des Königs von Ungarn und Böhmen, und die aufrührerischen Hospodaren beugten ihren Nacken vor dem jungen Helden; o Eugenius! da liß sichs sanft ruhen.

Eug. (sieht allenthalben im Gemach umher.)

Slan. Und als Wenzeslaus an uns schrieb: Sendet uns noch einen Eugenius, dann will ich den Orient erschüttern, sintemal meine Ungarn und Böhmen Riesen werden unter ihm; Prinz! da wurden in Jadera der Banketen kein Ende.

Eug (drückt mit Wehmuth Slymbas Hand) O Slymba! wie sehr vermisse ich meine Mutter.

And. Mach uns auch mit deinen Begleitern bekannt, Eugenius! Wer ist dieser mit der Narbe überm Auge? Sein Ansehn deutet auf ein durchlauchtes Geschlecht.

Eug. Mitnichten auf ein durchlauchtes Geschlecht, aber wohl auf ein durchlauchtes Herz. Es ist Giorgi Slymba, ein ungarischer Edelmann.

mann. Den Hieb da über die braune Stirn hat er für mich aufgefangen.

Slym. Ich empfehle mich eurer fürstlichen Gnade.

And. Seyd uns willkommen, tapfrer Slymba! und dieser hier?

Eug. Zaluska, mein Freund und Waffenbruder.

And. Wackre Ungarn! an uns soll es nicht liegen, wenn ihr in Jadera eures Vaterlandes nicht vergessen könnet.

Eug. (Im Zimmer umhersehend.)

Glan. Ihr scheinet nach Jemanden zu verlangen, edler Prinz!

Eug. (mit schmerzlichem Tone.) Ja wohl! Meine Mutter! meine Mutter! ach — Fürst! nun habe ich keinen Freund mehr, keinen in Gottes ganzer Welt.

And. Beruhige dich, Eugenius! ich werde dein Vater seyn, wie ichs sonst war.

Eug. (Holt Slymba, führt ihn zum Fenster.) Ach Slymba! tritt du her, denn du verstehst mich allein. Sich hinaus über das Meer; und da, wo im Wiederglanz der Sonne die Inseln herschimmern wie leuchtende Wolken, ach Slymba! das war ihre liebste Aussicht. In eben diesem Gemach, an eben diesem Fenster hat sie oft mit mir stundenlang gestanden, und ihren Arm um mich geschlungen gehalten. Slymba! und nun wirds so nicht mehr seyn, und nimmer wieder so werden.

And.

And. (lächelnd) Was meint Eugenius, wenn ich ihm die Wiederkehr dieser Dinge verspreche.

Eug. Dann müßte mein Fürst allmächtig seyn.

And. (schmeichelhaft) Wohlan, mein Sohn! So wisse denn, ich habe dir schon eine andere Mutter erkohren. Nur um deinetwillen hab ich das Vermählungsfest aufgeschoben, damit der Ueberwinder der Hospodaren dasselbe mit seiner Gegenwart verherrlichen möchte.

Eug. (ironisch) Mir ist das Bild meiner Mutter nur noch so dämmernd vor meiner Seele, als läge der Nebel eines Jahrhunderts zwischen mir und ihm.

And. Wohl dir, wenn du Wahrheit sprichst.

Eug. Wahrheit red' ich, aber wohl ist mir doch nicht dabey. Erinnerte sich meine Mutter gar nicht mehr ihres Sohnes — aber das wißt ihr wohl nicht mehr?

And. Sie betete für dich.

Eug. (ergreift mit Ungestümm Zaluskas und Clambas Hände.) Hört ihrs, ehrliche Ungarn! Sie hat noch für mich gebetet. (Die Thränen stürzen ihm ins Auge.) Mutter! auch ich habe für dich gebetet — in der Mitternachtsstunde unter meinem Zelt, wenn Alles ruhig schlief, und der blasse Mond durch die Ritzen meiner leinwändenen Decke zitterte — auch ich habe für dich gebetet unter freyem Himmel, wenn mich die Trompete

zum

zum Schlachtgewühl riff, und ich auszog zu kämpfen fürs Vaterland und seine Rechte.

Stel. Besänftiget euch, gnädigster Prinz! Ich habe euern Schmerz vorausgesehen. —

Eug. (lächelnd) Habt ihr? Habt ihr? Ich hab auch manches vorausgesehen. Ueberhaupt ist die Einrichtung so in der Welt recht gut, man sieht lieber gerad aus, als zurück — Nicht so — gnädiger Herr!

And. Und es ist weise. Hinter uns wohnt Kummer neben verlohrnen Schätzen, vor uns paaren sich Hofnung und Freude schwesterlich zusammen. Verlaß dieses Gemach, Eugenius! es erinnert dich an vergangene Zeiten — Morgen ist meine Vermählung — Feste und Bankette sollen dich in süsse Träume einwiegen, die dich nur allein an das angenehme Gegenwärtige ketten sollen. Glan! ihr folgt mir! (ab mit Glan)

Siebenter Auftritt.

Vorige ohne Andreas und Glan.

Eug. (mit erhobenem Blick) Allenthalben fehlt sie — allenthalben nur sie —

Stel. Ihr werdet uns wohl von euren Reisen viel erzählen können? Habt viele Länder und Menschen gesehen?

Eug. Da habt ihr Recht, edler Herr! Ich habe viel erlebt, viel gesehen. Ich war in einem Land, worinn die Bäume von Smaragd, und

und die Berge von Silber waren. Die Lämmer weideten auf Auen, deren Hälmlein von Diamanten blitzten, jedes Lamm gab seinem Scheerer einen Zentner serischer Wolle, und was hier zu Lande stinkt, war dort Ambrosia.

Stel. (ihn anstierend) Ey! ey! höchst wunderbar!

Eug. Das Alles ist aber noch nichts. Zuletzt kam ich euch in ein verwünschtes Schloß; da ward man bestohlen, man wußte nicht, wie? Allen Bewohnern desselben hieng ein Strick um den Hals, welchen aber nur Sonntagskinder sahen, und vor allen Schelmen, die in dem Schlosse wohnten, mußte man sich tief bücken. — — — Was sagt ihr dazu?

Stel. Ich — ich sage kein Wort. (schleicht tief gebückt ab.)

Achter Auftritt.

Eugen. Slymba. Zaluska.

Pause (welche endlich Eugenius unterbricht.)

Eug. Brüder! ihr seyd so still? Ziehe heim nach eurem Vaterlande — Ich prophezeih' euch hier ein erbärmliches Leben.

Slym. Ich ziehe nicht heim. Wißt ihr nicht, wo's Krieg giebt in der Welt? Skokko!

Eug. Krieg? Hier in meinem Herzen!

Zal. Prinz! Unthätigkeit ist nicht euer Element — Ihr müsset wieder hinaus ins Weite, und Händel suchen.

Eug. Das ists nicht, was mir fehlt.

Zal. Laßt uns einen Zug machen gegen die Muselmänner, wir wollen ihnen ihre eroberten Länder wieder abjagen.

Eug. Das ists auch nicht.

Slym. (seine Hand wild fassend) So wollen wir dem Andreas Dalmatien abfodern.

Eug. (auffahrend) Was sagst du, Slymba!

Slym. Endlich einmal die einzige klingende Saite getroffen? Nicht so?

Eug. Slymba! sey still!

Slym. Ich bins nicht, ich wills nicht seyn. Skoko! wo ist dein väterliches Erbtheil, wo der rechtmässige Erbe von Dalmatien?

Eug. (sich von ihm abwendend) Ich höre dich nicht.

Slym. Lebt der Sohn des Albertus nicht mehr, oder ist er noch nicht der Ruthe seines Vormundes entwachsen?

Eug. Otter! was willst du?

Slym. Dich wecken aus deinem Schlafe?

Eug. Das sollst du nicht.

Slym. Eugenius! ich kenne dich nicht mehr. Du — ehevor eitel Feuer und Leben, voll Kraft und Thatenlust und Unternehmungsgeist — und jetzt schleichst du müssig umher gelähmt an allen Seiten. Sähen dich itzt deine tapfern Ungarn, bey Gott! sie würden dich nicht mehr kennen.

Eug. (mit drohender Stimme) Giorgi! Verlaß mich!

Slym. Eugen! Bist du nicht mehr Albertus Sohn?

Eug.

Eug. Ich bins.

Slym. Als dein Vater starb, erbte deine Mutter das Land — Wer wär nun Sophiens Erbe?

Eug. Ich!

Slym. Daß deine Mutter sich mit dem Andreas, einem Edlen des Landes vermählte, der so wenig Anspruch auf Dalmatien hat wie der Sultan von Babilon — macht noch keinen Unterschied in der Erbschaft.

Eug. Nun!

Slym. Andreas, dein Stiefvater holt dir nun eine Stiefmutter — Hu! da wirds Stiefbrüder und neue Erben des Thrones geben.

Eug. Betäube mich nicht mit deinem Geschwätz, Slymba!

Slym. (zu Zaluska) (ergreift s. Hand) Ungar! kennst du diesen Jüngling noch? einst so fest und unerschütterlich — und jetzt — (sieht ihn lange an.) Eugenius! ihr seyd mein Mann nicht mehr.

Eug. (beleidigt) Mensch!

Zal. Ereifert euch nicht, Prinz! Heucheln haben wir nicht gelernt in dem Land, das uns gebohren hat. Slymba hat Recht — Bruder! wir sind hier überflüßig — wir ziehen ins Vaterland.

Eug. Slymba! Zaluska!

Slym. Wir haben Geld und Gut, und brauchen nicht zu schmarotzen um der hungrigen Suppe willen. Euer Freund zu seyn, das gefiel mir

sonst

sonst wohl, aber euer Jabruder? — (spuckt aus) puh! da bin ich ein Ungar, und heisse Georgi Slymba.

Eug. Edle Männer! Verurtheilet mich nicht zu früh. Ich verdiene euer Mitleid.

Zal. Das sollte kein Dalmatischer Prinz sagen.

Slym. Eugenius! ihr seyd der Mann, den die Natur zu etwas Großem gebahr. Ich schmiegte mich an euch, um mit euch groß zu werden. Ihr steht auf der schönsten Stelle, von welcher aus alle Strassen zum Ruhm führen.

Eug. Auf einem steilen Felsen.

Zal. Eine Zeder auf dem Felsen! Je grösser und höher die Zeder aufragt, um so leichter sie am Sturme wankt. Nur das niedere Gesträuch bleibt ruhig, wenn oben der Orkan heult.

Eug. Ja wohl — ein Orkan, ein Doppelorkan, der sich von zwey Seiten entgegen rennt. Folgt mir, edle Männer! Ich will mich euch ganz entdecken. Wenn mich auch Welt und Nachwelt verkennt, so will ichs nicht achten — nur Ihr — nur ihr sollt mich nicht verkennen. (Alle ab)

Neunter Auftritt.

Fürstlicher Park. Fürst Andreas. Slan.

And. (in tiefem Nachdenken) Slan! mein Stiefsohn hat sich auf seinen Reisen sehr verändert.

Slan.

Glan. Sehr, sehr!

And. Er spielt den Sonderling.

Glan. Er ist sehr dunkel in seinen Reden.

And. Wir müssen uns alle Mühe geben, ihn zu zerstreuen. Glan! eure Tochter Theodosia könnte hiebey das Meiste wirken. Ihr wisset, Eugenius war ihr immer sehr gut — sie wuchsen zusammen auf —

Glan. Auch freuet sich meine Tochter sehr, den edlen Jüngling wieder zu sehen.

And. Glan! ich wählte Theodosien zur vertrauten Gesellschafterin meiner Agnese. Euch übergab ich sie auf eure Villa bis zu dem Tag, woran ganz Jadera, von ihrer himmlischen Schönheit durchdrungen — sie ihre Gebieterinn nennen soll.

Glan. Ich sah sie — und bewunderte eure weise Wahl — nur erstaunen eure Getreuen über die Heimlichkeit, mit welcher ihr ihren Namen verheelet.

And. Allen Vorurtheilen vorzubeugen, soll Niemand früher ihren Stand und Nahmen wissen, als bis sie in bräutlichem Pomp an meiner Seite steht.

Glan. Und wäre sie auch nicht die Tochter eines venezianischen Dogen, ich würde ihr meine Huldigung nicht verweigern können.

And. Ja — an ihrer Seite will ich wieder aufleben — meine Tage in Wonne geniessen; — und wenn alles, angestrahlt, geblendet von ihrer Schönheit sie an meiner Seite sieht, alle Herzen

 sich

sich vor ihr beugen, und meiner Wahl den gerechtesten Beyfall zollen, dann will ich mit Entzücken ausrufen: Wer wählt mir unter den Königstöchtern, wie diese, eine? (ab.)

Zehnter Auftritt.

Eugenius Skoko. Slymba. Zaluska.

Eug. Brüder! wenn ihr mich lieb häbt, wenn ihr meine Freunde seyd, so begleitet ihr mich morgen nach Venedig.

Beyde. Nach Venedig?

Eug. Höret mich an: Es mögen nun vier Jahre seyn, als ich mich daselbst aufhielt — nicht als Prinz, sondern unter Nahmen und Rock eines gemeinen Edlen, ich nannte mich Ludomiro. Mein Geld zog bald einen Hof von jungen Wüstlingen um mich — wir lebten in Saus und Braus — aber plötzlich folgte eine Todenstille auf das bunte, lermende Spektakel.

Slym. Die Münzen waren verflogen!

Zal. Die Freundschaft hatte ein Ende!

Eug. Das eben nicht. Eines Tages zieh' ich allein durch Venedig — der Himmel war trübe, ich verirrte mich in ein entlegenes Winkelgäschen — um mich vor dem Platzregen zu schützen, floh ich in ein kleines Haus — man war so höflich, mich ins Zimmer zu nöthigen —

Slym. Hm! das klingt sehr romantisch.

Eug. Ich folgte, und fand hier die größte Armuth neben der liebenswürdigsten Reinlichkeit. Im Zimmer war Niemand, als ein altes Mütterchen, und ein bildschönes Mädchen.

Zal. Dachte ja gleich, daß ein solches dabey seyn müßte.

Eug. Das schöne Mädchen sprach wenig, aber was sie sprach, verrieth Geist. Ich konnte mich nicht satt sehen an diesem Geschöpf. Je länger ich sie betrachtete, je reizender ich sie fand. Ihr Nahme war Agnese Cyani!

Slym. Nur weiter.

Eug. O Slymba! du solltest dieß Geschöpf nur kennen — dich nur einmal in ihrem hellen Auge gespiegelt, nur einmal ein einziges süsses Wort von ihrer Lippe gehört haben. Giorgi! hast du schon einmal in deinem Leben geliebt?

Slym. (schmunzelnd) Einmal? das wäre ja blutwenig.

Eug. O sie ist schön. Da ist sie so schlank aufgewachsen wie eine Lilie, und jedes ihrer Glieder mit so vieler Anmuth geformt; und in ihren Lineamenten schwebt und webt so etwas unbeschreiblich Liebes, Hinreissendes, Betäubendes.

Zal. Hm! die Geschichte wird intressant.

Eug. Ich zog Kundschaft von dieser Familie ein, und erfuhr, diese Agnese Cyani sey der letzte Zweig aus einem der ansehnlichsten Häuser der Republik, welches stufenweiß durch mancherley Unglüksfälle in die tiefeste Armuth herabgesunfunken war — Ich erhielte die Erlaubniß, meine Besuche wiederholen zu dürfen —

Slym. Entdecktet ihr endlich euren Stand nicht?

Eug. Nein! Ich war ihr willkommen unter dem Namen Ludomiro. Ein halbes Jahr blieb ich in Venedig, ein halbes Jahr war ich in einer himmlischen Raserey — ich vergaß Dalmatien, vergaß die ganze Welt, lebte nur für Agnesen, für sie, die Venedigs schönste Jünglinge zurückgestossen hatte. Slymba! Agnese wurde durch gesetzmässige Trauung mein Weib —

Slym. (bestürzt) Eugenius! Was habt ihr unternommen?

Eug. Ich reiste nach Jadera, unter dem Vorwande, meinen alten Vater zu besuchen — als ich zurückkehrte, kauften wir uns eine Villa auf dem festen Lande, hier lebten wir in der Einsamkeit ein Feenleben. Unsere Ehe wurde geheim gehalten vor allen Menschen.

Zal. Aber das arme Mädchen so zu hintergehen.

Eug. Ein beseeligender Irrthum ist schöner, als zehen unglückliche Wahrheiten. Warum sollt' ich ihr den lieben Traum rauben, warum ihr sagen: dein Ludomiro ist Erbe von Dalmatien, dessen Gemahlin du nie werden darfst vor der Welt.

Slym. Und träumtet ihr lange Zeit so süsse?

Eug.

Eug. Agnese wurde Mutter, und ich ward ein glücklicher Vater, aber ein unglücklicher Mann. Agnese war jetzt nicht mehr ganz mein. Einer ihrer Verwandten hatte das Glück, reiche Erbschaften zu heben, und jetzt zog er Agnesen nach Venedig. Oeffentlich durft ich an ihrer Seite nicht erscheinen — ich verließ sie, unter dem Vorwand, meinen Vater zur Einwilligung zu bewegen — Nach einem halben Jahr brach der Krieg in Siebenbürgen loß, und nun sinds 3 Jahre, seit dem ich Agnesen nicht sah, nichts von ihr hörte.

Slym. Und nun wollt ihr nach Venedig?

Eug. Begreift ihr nun endlich meine elende Lage? Zerrissen von Liebe und Ehrgeiz zeigt' ich euch mein blutendes Herz — O ich liebe diese Agnese über Alles — habe sie unglücklich gemacht, habe sie um einen Gatten, ihr Kind um einen Vater betrogen.

Slym. Sohn des Albertus! Kehre zurück, und vergiß, daß du schwach warest. Die Unbesonnenheit des Jünglings muß dem Manne nicht zur Ruthe werden.

Zal. Fürst von Jadera! Sey groß und siege über deine Schwachheit, und dann siege über die Welt.

Eug. (beyde anstarrend) Ungarn! ist das euer Ernst?

Slym. Unser Ernst! Skoko! du wurdest für den Thron gebohren, gebohren für Tausende, nicht für das Glük eines Einzigen, nicht für das Glük eines Wei-

 bes.

des. Dein Beruf ist Regierung, nicht verliebte Schwärmerey! Verwirf den Stand nicht, welchen vor Millionen die Natur nur dir gab, verwirf den Stand nicht, zu welchem sie dir so viel herrliches Vermögen und Kraft gab vor Tausenden deiner Mitmenschen.

Eug. Ohne Agnesen?

Slym. Wenn es seyn muss, und nicht anders seyn kann — ohne Agnesen; das Weib ist da, um Kinder zu gebähren, einst Stützen des Vaterlandes — aber das Weib ist nicht da, um grosse Geister aus ihrer ruhmvollen Bahn hinweg zu locken, und sie mit niedern Spielereyen zu verziehen.

Eug. Und Agnesen vergessen?

Slan. Wenn sie dich schon vergaß — Ja. Wenn sie dich noch liebt, Nein! Geh hin, und enthülle ihr deinen Stand, deine Verhältnisse. Ist sie weise, so wird sie freywillig Verzicht thun auf den öffentlichen Titel, deine Gemahlin zu heissen. Will sie Fürstin seyn, so ist sie deiner unwerth, so liebt sie nur deinen Rock, nicht dein Herz. Will sie dich aus dem Kreise hinwegzaubern, den die Natur dir anwieß, so ist sie — verachtungswürdig

Eug. Wenn nun aber Agnese mein Glück wäre, wie es sonst in der Welt nichts seyn könnte.

Slym. (fest) Dann sey du unglücklich, um tausend andre glücklich zu machen. Glaubst du, es sey eben so leicht, wahrhafte Grösse zu erringen, als ein Weib zu besiegen? Auf — Skoko!

über-

überwinde dich selbst, fordre Dalmatien zurück vom Andreas — nimm die Huldigungen deines Vaterlaudes an, und zeige dich deinem Volke als der grosse Sohn eines grossen Vaters. Und Skoko! wenn du die Liebe der Nazion, und die Ehrfurcht und Bewunderung des Auslandes gewonnen hast; wenn du dann auf diese goldnen Stützen gelehnt, Schritte wagen darfst, welche jetzt Volk und Edle verdammen würden: dann besinne dich auf den Roman deiner Jugend — dann spiele ihn zu Ende, wenn er dir noch gefällt. — Zieh Agnesen aus ihrer glücklichen Dunkelheit hervor und rufe: Dalmatier! dieß ist mein Weib!

Eug. (umarmt ihn ungestümm, drückt ihn an sein Herz) Du hast gesiegt, Zymba! Erst Thaten — und dann: Dalmatier!! dieß ist mein Weib! (Sie bleiben in dieser Gruppe.)

(Der Vorhang fällt.)

Zwey

Zweyter Aufzug.

Erster Auftritt.

(Gemach in dem fürstlichen Pallaste.)

Ritter Otto von Glan. Hernach Theodosia, seine Tochter.

Glan.

Eine wunderbare Grille des Eugenius! da half auch kein Weigern, kein Bitten; man muste ihm das grosse Momument zeigen, das Andreas seiner verstorbenen Gemahlin errichten ließ.

Theod. Lieber Vater! schon steht die Gondel bereit, welche uns nach der Villa bringen soll. Ach — wie sehr sehne ich mich nach dem Augenblik, unsere künftige Fürstin wieder zu sehen.

Glan. Auch Prinz Eugenius wird heute oder morgen dahin kommen; hast du ihn schon gesehen, meine Tochter!

Theod. Ich sah' ihn — aber sein Auge blickte mich nur im Vorübergehen an. Ach! wir waren einst einander so gut, wuchsen zusammen auf, liebten uns wie Geschwister — jetzt — (unterdrückt eine Thräne.) ja itzt mag sich wohl viel verändert haben zwischen ihm und mir —

Glan. Aus dem Knaben Skoko wurde ein Jüngling, und aus dem Kind Theodosia ein blühendes Mädchen.

Theod. Jetzt werde ich ihn wohl nicht mehr lieben dörfen — nicht wahr, Vater! jetzt — jetzt wird er mir auch keinen Kuß mehr geben dörfen, wie meint ihr?

Glan. Bist ein Kind!

Theod. Ach — wenn wir so zusammen spielten, die Blumen pflegten im Garten, und der liebe Junge so zuvorkommend mir jede Kanne Wasser brachte, um sie zu begiessen — o Vater! das waren goldene Tage!

Glan. Er versprach, mich zu besuchen. Theodosia! der Prinz scheint schwermüthig zu seyn; du sollst ihm durch deine muntere Laune die düstern Falten von der Stirne wegzulächeln suchen.

Theod. Ja — ja — das will ich! Ach Vater! da hatte ich gestern wegen seinem Bildniß, das an der Wand meines Gemaches hängt, einen sonderbaren Zufall.

Glan. Einen sonderbaren Zufall?

Theod. Ganz von ungefehr kam die Fürstin dahin — sie erblickte das Kontrefait des Eugenius

nius — sie erbleichte, bebte zurück — sank kraftlos auf meine Ottomanne —

Glan. Und diese Bestürzung? —

Theod. War eine natürliche Folge, weil sie, wie sie hernach sagte, solche frappante Aehnlichkeit mit einem ihrer Verwandten in Venedig träfe. Ich mußte ihr das Bild herunter geben, sie küßte es, Thränen quollen ihr aus den Augen, und so verließ sie mich —

Glan. Ein möglicher Fall! man hat Beispiele —

Theod. Und dann eilte sie nach ihrem Lieblingsplätzchen in den Park — zu dem eisernen Gitterthor — nahe dabey wohnt ein altes armes Weib mit einem liebenswürdigen Knaben —

Glan. Ich kenne keines dergleichen in unserer Nachbarschaft.

Theod. Sie sind Flüchtlinge aus Siebenbürgen — Ach Vater! da solltet ihr sehen, wie sie den Knaben liebgewann — wie sie ihn herzt, küßt, an ihren Busen drückt —

Glan. Sonderbar!

Theod. Auch erhielt das Kind die Erlaubniß, sie Mutter nennen zu dörfen —

Glan. Es scheint eine Dame von vortreflichem Herzen zu seyn.

Theod. O das ist sie, das muß sie seyn! Kommt, Vater! So eine Freundin an der Seite, o da wandelt man dieß Erdenleben auf Ro-

sen

sen dahin. (nimmt ihren Vater an der Hand, und geht ab.)

Glan. Glück und Heil unserem Dalmatien! die Vorsicht schenkte ihm eine Landesmutter, die weinen kann bey dem Elende ihrer Mitmenschen. (ab)

Zweyter Auftrittt.

(Rittersaal.)

Andreas. hernach Eugenius Skoko. Huggy.

And. Es ist gut, sehr gut, wenn die Sache einmal zur Sprache kömmt. Wahrscheinlich kommt er, für Huggy um Gnade zu bitten. (Sie kommen) Was seh' ich, Huggy! woher kommt ihr?

Hug. Von Majolina herüber, aus dem Ort meiner Verweisung.

And. Wer hat's euch erlaubt, an meinen Hof zurück zu kehren?

Hug. Meine gerechte Sache, die Gnade meines Fürsten Eugenius und meine Vaterlandsliebe.

And. (ergrimmt) Ohne meine Erlaubniß!

Eug. (ernst) Verzeiht, gnädigster Herr! ich hab's ihm erlaubt.

And. Wie, mein Sohn! wie gelangt ihr dazu, Gnadenbriefe zu ertheilen — und gerade diesem Huggy —

Eug. Er war mein Lehrer; mein höchstseliger Vater gab mir das Leben, dieser alte Mann da

gab

gab mir den Geist. Es wär von meiner Seite nichts als schuldige Dankbarkeit —

And. (ihn fixirend) Eugenius! Eugenius! Ihr gefallt mir nicht.

Eug. (trocken) Ich zweifle beinahe selbst daran.

And. Inzwischen will ich diesmal mein Richteramt über die väterliche Zuneigung vergessen; will nicht auf Huggy, sondern auf seinen Fürsprecher sehen; will seinen Begnadigungsbrief unterschreiben, weil Eugenius für ihn bittet.

Eug. Gnädigster Herr! ich habe nichts zu bitten, und ihr habt nichts zu unterschreiben. Ich gestatte diesem Greisen freye Rückkehr in seine Vaterstadt, und will das Unrecht ihm vergüten, welches ihr ihm thatet.

And. (ihn mit grossen Augen messend) Eugenius!

Eug. (rasch) Andreas!

And. Erinnert euch, vor wem ihr steht.

Eug. Ich weiß es. Mein Gedächtniß ist so schwach noch nicht, als ich das eurige gefunden habe.

And. Habt ihr vergessen, daß ich Vater und Fürst bin.

Eug. Ich entlasse euch der Väter- und Fürstenpflichten.

And. (bestürzt und zornig) Eugenius! Besinnt euch —

Eug. Euer Grimm erwacht zur Unzeit. Ich bin

bin euer Mündel nicht mehr. Wo sind die Schlüssel zum dalmatischen Archiv?

And. In meinen Händen; ich habe sie niemanden zu überantworten. Euer Vormund bin ich nicht mehr, das weiß ich — aber immer noch euer Fürst —

Eug. Davon weiß ich nichts. Mein ist das Reich des Albertus — ich bin Albertus Sohn.

And. Ich war Sophiens Gemahl.

Eug. Kennet ihr das Testament meines Vaters, in welchem er mich seinen Alleinerben nannte?

And. Das Testament ist nicht mehr vorhanden.

Eug. (erschüttert) Nicht mehr vorhanden?

And. Eure Mutter hat es selber vernichtet

Eug. Wie? meine Mutter soll mich verstoßsen haben von Thron und Reich? Geschah diese Vernichtung gesetzmäßig, hob Sophie das Testament meines Vaters im Beyseyn der Landesedlen, des hohen Raths auf?

And. Nein, in meiner Gegenwart.

Eug. Huggy! du bist doch mein Zeuge bey dieser Unterredung? (ihn mild anfassend).

Hug. Der bin ich — edler Fürst!

Eug. Ihr wollet mir mein Erbe also nicht zurückgeben?

And. Sterb' ich erbenlos, so seyd ihr der nächste zum Thron.

Hug. (tritt vor) Schon jetzt ist Eugenius der nächste. Ich wills beweisen.

And. Ihr schweiget, Huggy!

Hug. Ich schweige nicht, sondern sage noch einmal, ich will's beweisen.

And. (ihn erbittert anstarrend) Mensch! wiegle mich nicht auf. Oder soll ich euch beyde als meine Feinde betrachten?

Eug. Wie ihr wollt!

And. Fort von hier. Nun bin ich's müde, länger ein Zeuge eurer Unverschämtheit zu seyn — fort!

Eug. Welcher Mensch verweiset mich aus meinem väterlichen Hause, aus meinem eigenen Gemach?

And. (springt nach einem Tisch, klingelt.) Die Leibtrabanten! (Stello tritt ein) Ich bin in der Gewalt von Mördern!

Eug. (zieht die Klinge, Stello will rückkehren, er besetzt die Thüre.) Vor abgemachter Sache nicht von der Stelle!

Dritter Auftritt.

Vorige. Stello.

Stello. (zitternd) Ich bin des Todes! Was soll hier werden?

Hug. Recht und Gerechtigkeit.

Eug. Stello! Wo ist das Testament des Albertus?

Stello. (bald Andreas, bald Huggy anblickend) Weiß ich davon?

Eug. (hält ihm die Klinge vor) Bin ich Albertus rechtmäßiger Nachfolger? Rede, du weißt um Alles — du warst Zeuge bey Niederlegung des Testaments.

Stello. (stotternd) Ich — ich hab es — kaum gesehen.

Eug. Und hast doch deinen Nahmen darunter geschrieben, Lügner!

Stello. (stotternd) Ich hab geschrieben, und schrieb noch einmal. Ich bin jedesmal der treue Diener meines jedesmaligen Herrn.

Eug (mit Abscheu) Und ein jedesmaliger Schurke!

And. Zum Letztenmal! Verlasset meinen Pallast.

Eug. (mit Trotz) Hier befehle ich nur!

Hug. Ich sehe, so gelangen wir nicht zur Einigkeit. Eugenius! verlasset uns. (zum And.) Mit euch möcht ich ein Wörtchen allein reden, gnädigster Herr!

And. Was hab' ich mit euch zu schaffen, Alter!

Hug. Viel — (sehr ernst) sehr viel! Viel mit mir und dem berüchtigten Stein, worinn das schwarze Kreuz gehauen ist.

Eug. (horchend) Huggy! was faselst du?

And. Die ganze Geschichte wird mir lächerlich (indem er ängstlich die Minen verzieht) bey Gott! sehr lächerlich!

Hug. Laßt uns allein sprechen, gnädigster Herr!

Herr! (mit steigender Stimme) oder soll ich bey offenen Thüren und Fenstern reden?

And. Habt ihr mir wirklich Wichtigkeiten —

Hug. Der Stein mit dem schwarzen Kreuze —

And. Eugenius! Stello! laßt uns allein —

Stello. Herzlich gerne! (schnell ab.)

Eug. Ich nicht von der Stätte; Was habt ihr zu reden, das ich nicht wissen darf?

Hug. Prinz! es war die Bedingung, unter welcher ich euch hieher begleitete — euer fürstliches Wort —

Eug. Ist mir heilig! Ich gehe. (sieht sich noch einmal nach Andreas um, ab.)

Vierter Auftritt.

Andreas. Huggy.

Andreas geht schweigend und düster an der Wand des Zimmers entlang, springt plözlich mit gezücktem Dolch auf Huggy zu. Huggy zieht schnell die Klinge, und schüzt sich. And. geht zurück, sein Gesicht verräth gräßliche Verzweiflung.

Hug. (mit Majestät) Ich fürchte euren Dolch nicht.

And. Ihr seyd — — ein tapferer Mann. So — so stelle ich gern meine Leute auf die Probe. (er schleudert den Dolch in einen Winkel.) Steckt das Schwert in die Scheide — ohne Furcht.

Hug. (kalt.) Siebenzig Jahre hab ich gelebt, und doch fürchte ich mich nicht. (Steckt die Klinge ein.)

And. (freundlich) Was habt ihr mir zu sagen, edler Huggy!

Hug. Gebet dem Eugenius sein Reich.

And. Fordert nicht für den Eugenius, fordert für euch.

Hug. Gebet dem Eugenius sein Reich.

And. Das kann ich nicht; aber ihr Alter! werdet ihr mein Freund.

Hug. (mit gerechtem Stolz) Das kann ich nicht.

And. (blaß und zitternd) Huggy! noch einmal besinnt euch, denn meine Macht wird eure Vermessenheit stürzen. Ihr könnet mich schrecken, ich kann euch tödten. Mein Auge wird euch finden in allen Schlupfwinkeln der Erde, mein Arm wird euch allenthalben hervorziehen. Ungarn ist meine Bundsgenossin, und Venedig meine Freundin.

Hug. Ihr könnet mich tödten, aber ich kann euch schrecken. Ihr könnet mir das Leben rauben, aber ich kann auf euch den Fluch der Welt und Nachwelt wälzen. Die Gerechtigkeit ist meine Bundsgenossin, und die Wahrheit meine Freundin. Noch einmal —

And. (mit zitterndem Stolz) Ich weiß auch gar nicht, warum ich mich vor euch fürchten soll.

Hug. Nicht vor mir sollt ihr euch fürchten, aber vor den Todten. Der Stein mit dem schwarzen Kreuze in Majolina hat Zeugen und plaudert

 laut

laut — und der böse Schleyer, der draussen hängen blieb am Dornbusch —

And. (erbleichend.) Huggy! Huggy!

Hug. Freilich — der gute Pietrino ist todt, aber sein Schatten wandelt noch auf dem Meere unten am Felsen. (mit donnernder Stimme) Andreas! soll ich die Fenster aufreissen und rufen, daß es Jadera hört.

And. Huggy! du hast etwas Gräßliches — Weißt du, lieber Huggy! wir wollen Frieden schliessen.

Hug. Gerne! aber gebt dem Eugenius sein Reich —

And. Ich gebe die Krone von Dalmatien, und du Verschwiegenheit.

Hug. Ich schweige! (reicht ihm die Hand.)

And. Dann schwörst du mir, nie mehr nach Jadera zurückzukehren?

Hug. Ich schwöre — aber gebt dem Eugenius sein Reich!

And. Rufet ihn herbey. (Huggy ab. Pause, stürzt entnervt in den Sessel nieder) Pfuy! wie herzlich schlecht hab ich mich betragen, aber es soll anders werden! — Was wäre Eugenius, wenn er nicht einen Slymba und Huggy an der Seite hätte. Männer muß ich um mich haben, auf die ich mich lehnen kann im Sturm, und deren Eisenbrust der meinigen die Pfeile abfängt; Wlakka und Tosti. —

Fünfter Auftritt.

Andreas. Eugenius. Huggy.

And. Folgt mir in mein Cabinet, Eugenius! ich unterschreibe eine Absagurkunde an euch — Ihr seyd Erbe von Dalmatien. (ab.)

Sechster Auftritt.

Eugenius. Huggy.

Eug. (ihn lange betrachtend.) Mensch! was hast du gemacht? Wer gab dir die Waffen, mit welchen du den Andreas überwandest.

Hug. Das Ohngefehr und ein Traum! Hütet euch, Prinz! daß ihr nicht träumet, wenn ein wachendes Ohr in der Nähe lauscht.

Eug. Du bist mir ein unerklärliches Räthsel in Thaten und Worten.

Hug. Und ich muß es bleiben, denn ich gelobte Verschwiegenheit; Eugenius! einst war ich euer Lehrer, jetzt bin ich euer Freund. Einst säete ich aus, jetzt laßt mich meine Saat in ihrer Blüthe bewundern.

Eug. O Huggy! Hast du auf keine Stürme gerechnet?

Hug. Ich habs! Aber auch auf einen festen Boden und tiefe Wurzeln. Skoko! jetzt seid ihr Fürst — mehr sag' ich euch nicht.

Eug. O ich will dir noch zehnmal mehr sagen; Huggy! ich bin ein Mensch!

Hug. (drückt ihm die Hand.) Werdet ein bewundernswürdiger Mensch.

Eug. Das ist schwerer, tausendmal schwerer, als ein bewundernswürdiger Fürst zu werden.

Hug. Vortreflich! Ein Jüngling, der dieß schon denken kann, ist auf der schönen Strasse, Alles zu werden.

Eug. Glaub das nicht, Huggy! mir ist ein grosser Fels in Weg gerollt — ach, ich sehe die Unmöglichkeit, ihn zu erklettern.

Hug. Der Mensch ist mächtig, und kann alles, wenn er nur will.

Eug. Alter! hast schon so viele graue Haare gesammelt auf deinem Scheidel, und noch nicht die alltäglichste Erfahrung! Wir wollen viel, und können wenig! Huggy! Ich bin nicht für den Thron gebohren.

Hug. Ich verstehe euch nicht; erkläret euch, Prinz!

Eug. Erklären? Nein! aber einen Rath will ich mir von dir erbitten. Was ist besser, verderben und verfaulen durch innern Gram unterm Purpur, oder blühen und handeln unterm groben Kittel des Unterthans?

Hug. Das Letzte!

Eug. Noch eins! Was ist besser, gepriesen und verherrlichet werden von den Zeugen der Welt als unglücklicher Fürst auf dem Thron; oder verspottet und verkannt werden von Jedermann als glücklicher Bewohner einer armseligen Hütte?

Hug.

Hug. Das Letzte!

Eug. (drückt ihn an sein Herz, führt ihn ab.) Das Letzte! (ab)

Siebenter Auftritt.

(Kabinet des Fürsten Andreas.) Andreas, eine Pergamentschrift in der Hand. Hernach Ritter Wlakka, Tosti.

And. So ists recht; Sie sollen kommen, und alles soll sich wenden. Helden müssen mich umgeben, damit ich, von ihrem Muth begeistert, selber ein Held werde.

Wlakka und Tosti tretten ein, Beyde mit ehrfurchtsvoller Verbeugung.

Beyde. Gnädigster Fürst und Herr!

And. Ritter! Ihr habt mir während meiner Regierung wichtige Dienste geleistet — ich nahm mir schon längst vor, euch glänzend zu belohnen; aber meine Regierung hat nun ihr baldiges Ende erreicht.

(Sie blicken einander an)

Wlakka. Ich bin bestürzt.

Tosti. Ich erstaune.

And. Eugenius Skoko ist mündig worden, ihm überlaß ichs, euch im Nahmen des Staats zu danken.

Wlakka. Wenn aber Eugenius wüßte —

And. Was?

Wlakka. Daß er nicht geliebt wird von den Edlen der Nazion.

And. Wie so?

Tosti. Es herrscht allgemeine Unzufriedenheit mit ihm. Sein Stolz gegen uns — er setzt die Edeln von Dalmatien zurück, und vertraut sich Fremdlingen.

Wlakka. Slymba ist sein Herz und Geist. Wir werden uns zuletzt von den Ungarn beherrschen lassen müssen — wir Dalmatier!

And. Das bedaur' ich! freilich bleiben nun meine Lieblingspläne unvollendet. Der Krieg der Türken mit den Venezianern ist unausbleiblich; ich habe Theil daran genommen — euch, tapfrer Wlakka! machte ich zum Oberbefehlshaber der Dalmatischen Hülfstruppen, und euch, wackrer Tosti! zum Admiral der Flotte — Allein Eugenius wird nun wohl die erste Stelle seinem Freund Slymba anvertrauen.

Wlakka. Verdammt sey dieser Slymba!

Tosti. Gnädigster Herr! ihr werdet doch in diesen bedenklichen Zeiten die Herrschaft Dalmatiens nicht in die Hände eines unerfahrnen Jünglings geben?

And. Muß ich nicht? Hat Eugenius sein Erbe nicht von mir zurückgefordert? Behüte der Himmel, daß ich mit Gewalt den Besitz einer Bürde an mich reisse, die mir längst drückend war.

Tosti. (gebückt) Eine solche Bürde kann nur Andreas mit Ruhm tragen.

And. Die Edeln des Volkes mögen reden, Dalmatien mag entscheiden.

Wlakka. Gnädigster Herr! Verlasset euch auf uns. (Sie knieen hin.) Herzog Andreas! Fürst von Dalmatien! euch, nur euch leiste ich hiemit den Eid der Treue, und dieses Eides soll kein Mensch mich entbinden, und selbst der Tod nicht.

Tosti. Wer wider euch aufsteht, soll wider uns aufstehen; wer euch befehdet, hat es mit unsern Klingen zu thun.

And. (Indem er sich gnädig zu ihnen hinbeugt.) Ihr rührt mich, edle Männer! Wlakka! Ihr seyd Oberbefehlshaber der Hülfstruppen, und ihr, Tosti! behaltet die Flotte, und werdet die Geissel der Muselmänner. (ab.)

Beyde. Den Tod für unsern Herzog Andreas! (ab.)

Achter Auftritt.

Fürstlicher Park. Abenddämmerung. Im Hintergrund sieht man mehrere Ritter und Damen lustwandeln.

Slymba allein.

Slymba. Ueberall such' ich ihn! Eugenius! beinahe scheint mirs, als wärest du der Mann nicht, den ich mir in dir vorträumte. Bey Gott! er ist nicht mehr derselbe, der er sonst war. Ehedem eine rasende Feuerflamme, die Alles erwärmte um sich her, und Alles verzehrte; und itzt ein Wassertropfen, der allenthalben an-

klebt,

klebt, allenthalben auseinander schmilzt. Sonst ein fester, unbeweglicher Koloß, der die Nothwendigkeit neben sich an der Kette schleppte wie einen Hund, — und in der Welt auf nichts rechnete wie auf seinen Säbel und sein Herz — jetzt ein Wetterhahn, der selbst nicht weiß, wohin er in der künftigen Minute gedreht wird. Das muß anders werden! Teufel! und ich stehe hier wie verrathen und verkauft. Kein Bube will sich mit mir einlassen, alle schielen mich von der Seite an, als trüg' ich einen räudigen Balg. —

Neunter Auftritt.

Slymba. Ritter Groloh geht vorüber.

Slymba. Ho — he! Herr Ritter!

Grol. (Ihn von der Seite anblickend.) Was giebts?

Slym. Habt ihr den Prinzen nicht wahrgenommen?

Grol. (kurz, indem er weiter geht.) Sucht ihn!

Slym. He, so wartet doch. — Laßt uns Gesellschaft machen, Groloh! der Abend ist angenehm.

Grol. So!

Slym. Oder harrt euer, vielleicht das Liebchen?

Grol. Habt ihr darein zu reden?

Slym. Nun ja, wenn mir's Liebchen behagt, warum nicht? Weiber sind freye Waare!

Grol. Für Narren!

Slym. (stuzig.) Groloh! — Doch ja, ihr habt Recht, denn ihr freybeutet bey Allen.

Grol. Wo ihr nicht dürfet.

Slym. Das laßt nur seyn. Die Narbe hier auf der Stirn schreckt zwar die Weiber ab — doch —

Grol. Und das mit Recht; Sie halten's für einen Galgen, oder so was —

Slym. (bitterer.) Groloh! Komm ich nicht als Freund und Bundsgenosse nach Dalmatien — was wollt ihr von mir?

Grol. Nichts! Das wenigste von euch ist mir noch immer zu viel.

Slym. Ihr seyd boshaft; aber zum Zorn sollt ihr mich nicht reitzen. Ich bin euch gut — das wenigste von euch ist mir lieb.

Grol. Das wenigste ist — eine Ohrfeige!

Slym. (aufgebracht.) Bube! weißt du, was du sprachest?

Grol. Wahrheit!

Slym. (gibt ihm die Ohrfeige.)

Grol. (zieht die Klinge.) Schurke, Blut!

Slym.

Slymb. (ihm mit der Klinge entgegen wüthend.) Graben will ich dir den Galgen ins Gehirn. Bube! (Sie fechten. Tosti und Wlakka eilen herbey, sie wollen Slymb'a zusammenhauen. Eugenius zwischen die Fechtenden)

Eug. (zieht die Klinge.) Haltet ein! Dalmatien sey nicht das Land der Meuchelmörder! — Ich schütze diesen wackern Ungar — wer wagt es, mir die Spitze zu bieten? (Alle drey tretten ehrfurchtsvoll und beschämt zurück.)

Slym. Prinz! ihr habt mein Leben gerettet! (in seine Arme.)

(Der Vorhang fällt.)

Dritter Aufzug.

Erster Auftritt.

(Gemach des Andreas.)

Andreas. Ein Trabant.

Trabant.

Prinz Eugenius wünschet vorgelassen zu werden.

And. (erschrocken) Allein?

Trab. Allein!

And. Ich erwarte ihn mit Vergnügen. (Trab. ab.) Was will er? warum dieß weibische Zittern durch alle meine Glieder?

Zweyter Auftritt.

Andreas. Eugenius.

Eug. (sanft, doch ernst) Gnädigster Herr!

And. Sey mir willkommen, mein Sohn! (freundlich) Wir sollten unter uns dieß fremde

We-

Wesen nicht herrschen lassen. Du kommst vielleicht wegen deinem Freund Slymba?

Eug. Slymba war durch Grolohs Frechheit gezwungen. Slymba ist ein friedlicher, ehrliebender Mann.

And. Vertheidige ihn nicht. Genug, mein Sohn ist Slymbas Freund, und dieß ist seine Rechtfertigung.

Eug. Meine Freundschaft heiligt kein Verbrechen. Er soll sich vor Gericht verantworten, wie es sich ziemt.

And. Ich spreche ihn ohne Verhör frey.

Eug. Desto besser — denn Slymba ist unschuldig, ich bürge für ihn. Doch — ich komme nicht in seinen Angelegenheiten, sondern in den meinigen und eurigen.

And. Die Stände werden versammelt, und dann übergeb' ich dir die Absagurkunde.

Eug. Dieß ist unnütz. Es kann unterbleiben.

And. Nein! was ich öffentlich empfieng, leg' ich öffentlich nieder.

Eug. Andreas! ihr sollt die Regierung des Reichs behalten

And. (starr) Wie — wie — Eugenius! willst du mit mir —

Eug. Scherzen? O behüte Gott! Es hat so etwas Grösses für mich, ein Fürstenreich zu verschanken, und den Beherrscher Dalmatiens mir verbindlich zu machen.

And. (mistrauisch) Skoko! Sohn des Albertus!

Eug.

Eug. Halt! nennt mir diesen Nahmen nicht wieder, oder ich gerathe in Versuchung, den Thron wider euren Willen einzunehmen, nur um zu beweisen, daß Eugenius Skoko der Sohn des Albertus sey.

And. (liebreich.) Mein Sohn! Verkenne nicht länger das Vaterherz —

Eug. Nennet mich nicht Sohn; denn ich schwör' es, nie will ich euch Vater nennen, wiewohl Sophie meine Mutter war. Aus freyem Antrieb geb ich euch Dalmatien, und weil ichs nicht behaglich finde, ein Zeuge eurer Vermählung zu seyn, so reise ich morgen nach Venedig.

And. Nach Venedig? du stürzest mich in Erstaunen.

Eug. Glaubs gerne! Könnts wohl nicht begreifen, wie man ein Fürstenthum so hinwerfen kann wie einen blinden Heller. Aber ich schwör' euch, auch ich fühle, was ich gebe. Es ist die Ehre meines Vaters, die Unsterblichkeit meines Nahmens; und doch — Andreas ihr sollt Dalmatien behalten, und ich nehme von meinem Erbtheil nichts — als die Insel Majolina.

And. (erblassend, beis.) Huggy! das kostet dein Leben!

Eug. In ihrer lieblichen Wüsteney will ich mein Leben zu Ende träumen.

And. Aber warum gerade Majolina — warum nicht die Insel Cheoso? warum nicht die Isola grossa? Majolina ist so wild — so —

Eug. Eben darum. Das einsame Schloß auf

der Felsenspitze im Wald hat mir von jeher gefallen. Es bleibt schon dabey. Wenn ich zurückkomme, wähle ich mir diesen Aufenthalt. Ihr habt euch eine Gemahlin gewählt, auch ich habe gewählt, ihr haltet ihren Nahmen und Stand geheim, ich folge eurem Beispiel.

Dritter Auftritt.

Vorige. Brazza.

Braz. Prinz! die Pferde sind gesattelt — Ritter Slymba harret euer.

And. Ihr reitet vielleicht auf die Jagd?

Eug. Ich werde Gläns Tochter, die schöne Theodosia heimsuchen —

And. Und sie vielleicht gar als eure Gemahlin zurückbringen.

Eug. (lacht hämisch) Ha, ha, ha! Wie ihr doch Alles errathen könnet. Lebt wohl, Fürst! mir brennen die Fußsohlen bey euch — und mein Geschäft ist vollbracht.

And. (will ihn umarmen) Prinz! mein Sohn!

Eug. (sich abwendend.) Verschonet mich mit diesem Nahmen, oder mit diesem Zeichen der Dankbarkeit. Lebt wohl. (ab.)

And. (allein) Welcher Starrsinn! — aber so gleich will ich Befehl ertheilen, Agnesen nach Jadera zu holen — er soll sie nicht sehen, bis sie Fürstin von Dalmatien ist. (ab.)

Vierter Auftritt.

Gemach auf der Villa des Otto von Glan. Agnese Cyani. Bytta. In dem Gemach hängen einige Bilder, worunter das Kontrefait des Eugenius ist. Beyde stehen demselben gegenüber.

Bytta. Freilich — es ist seltsam, auffallend.

Agn. Höchst seltsam, unaussprechlich auffallend.

Byt. Ein Glück, daß Theodosia uns allein ließ. Agnese! ihr verwandeltet eure Farbe entsetzlich.

Agn. Aber Bytta! nirgends im ganzen Pallast das Bildniß meines Stiefsohnes — nur hier auf dieser Villa in Theodosiens Zimmer —

Bytta. Der Prinz liebt das Fräulein —

Agn. (Pause, das Bildniß betrachtend.) Aehnlichkeit, wie ich auf Erden sie nie sah. Bytta! das Bild des Eugenius mußt du mir verschaffen. Ich wills ehren wie mein schönstes Kleinod. Ein Maler soll das fürstliche Gewand wegstreichen, und ihm die violetne Balandränt umhängen, unter welcher das hellrothe Wammis vorschimmert, und auf den Kopf das schwarze Biret mit der goldenen Schnur, und den hohen, wehenden Federn.

Bytta. Dann ist es Ludomiro!

Agn. Bytta! schaffe mir das Bild meines Stiefsohns. Födre es in deinem Nahmen —

Bytta. Ihr dürfet ja nur winken, so erfüllt euer fürstlicher Bräutigam den Befehl mit Lust.

Ag. Unmöglich! Soll ich mich ihm selbst verrathen geben? Und Theodosia? — sie liebt gewiß den Prinzen — wird sie nicht erstaunen, wird sie nicht argwöhnisch fragen: Was will die Mutter mit dem Bilde ihres Stiefsohnes?

Byt. Wie ihr euch kümmert und ängstiget. Wer kann es der mütterlichen Zärtlichkeit verargen, wenn sie ihren Sohn im Bilde zu besitzen wünscht, auch wenn nicht die Aehnlichkeit zwischen ihm und Ludomiro —

Ag. Nenne ihn nicht so oft diesen Nahmen; du weißt, daß die Wunde meines Herzens noch tief schmerzt, wenn sie gleich nicht mehr blutet. O Bytta! entweder ist es ein wunderseltsames Spiel des Schicksals, daß gerade ein Mann, wie Ludomiro, an diesem Hofe als Erbe des Thrones lebt, oder der Himmel will meine Untreue strafen, strafen meinen Leichtsinn, mit welchem ich den Verstorbenen so bald vergessen und vertauschen konnte — Ach Bytta! noch immer glüht Liebe für ihn in dieser Brust.

Byt. Aber, verzeiht — diesen Grad von Liebe hat Ludomiro nie verdient.

Ag. Nicht? Meinethalben verließ er Vater und Mutter. Um mich nur zu sehen, eilte er vom entlegensten Ende Kalabriens herauf nach Venedig — und ich, ach ich brachte ihm nicht einmal das kleine Opfer, mich einzuschließen, und die verführerischen Lustbarkeiten Venedigs zu meiden.

Byt. Würde auch immer eine grausame Forderung geblieben seyn. Ihr in der Blüthe eurer Jugend —

Ag. Grausam nennst du die Forderung? War er nicht mein Gatte, war ich nicht sein eheliches Weib? War ich das einzige Weib, welches ihren Mann oft in Jahren nicht wieder sah? O Lubomiro! das Weib des ärmsten Matrosen ist getreuer und zärtlicher; denn ich war — (weinend.) Verzeih mir, du Unvergeßlicher! ich war ein leichtsinniges Geschöpf. (nach einer Pause) Nun, Bytta! das Bild des Prinzen vergiß nicht. Schick es zum beßten Maler, und laß es kopiren, aber verstehst du — mit dem Biret und der violetnen Balandrane.

Byt. Ob der Prinz auch den liebenswürdigen Charakter besitzen mag, wie sein Ebenbild Lubomiro?

Ag. Andreas hat mir nicht das schönste Gemälde von seiner Seele gegeben.

Fünfter Auftritt.

Vorige. Theodosia.

Theod. Gnädigste Gebieterinn! Aufträge von dem Herzog erwarten euch — Ritter Tosti kam so eben an, um euch nach Jadera zurück zu holen.

Ag. Ungerne trenne ich mich von dir, vortreffliches Mädchen! (küßt sie) aber die Gleichheit

heit unserer Gesinnungen bürgt mir auch in die Zukunft für ewig dauernde Freundschaft. (ab)

Sechster Auftritt.

Theodosia. Bytta.

Theod. Ein edles Weib! ein vortreffliches Weib! Bytta! die Fürstin fand gestern, als sie in meinem Gemach war, so viel Anzügliches an dem Brustbild, das über meiner Ottomanne hängt. —

Byt. Ja — tief eingeweiht in den Geheimnissen der Kunst schätzt sie die Hand des Meisters, der die Natur mit so reizender Nachahmung auf die Leinwand schuf.

Theod. Es ist das Bildniß unsers Erbprinzen Eugenius —

Byt. Ein herrlicher Kopf, um den ich euch beneiden möchte. Die Fürstin wünscht eine Kopie davon zu besitzen — wegen der allzugroßen Aehnlichkeit mit einem ihrer Verwandten, den sie sehr liebte.

Theod. Der Wunsch unserer liebenswürdigen Fürstin werde erfüllt. Bytta! mit Vergnügen gäb' ich ihr dieß Gemählde ganz hin, wenn es nicht selbst für mich ein liebes Geschenk wäre, das ich aus der Hand des Prinzen erhielt.

Byt. Schickt uns das Original, holdes Fräulein! dann wollen wir uns mit der Kopie begnügen lassen. (ab)

Sieben-

Siebenter Auftritt.

Theodosia, hernach Eugenius.

Theod. (kl. Pause) Ja — ich liebe dieß Gesicht, nicht weil es einem Prinzen gehört, sondern wegen dem schönen, heroischen Geist, welcher in diesen Zügen webt. Mein Vater sagt, der Prinz hätte sich auf seinen Reisen sehr zu seinem Nachtheile verändert? Wie wäre das möglich! Sollte dieß Auge so verführerisch predigen können ohne Seele? und dieser Mund so weich lächeln, so ernst diese Stirne da stehen ohne ein Herz voller Leidenschaft.

Eug. Willkommen, holde Jugendfreundin! willkommen, schöne Theodosia!

Theod. (mit einer ehrfurchtsvollen, gezierten Verbeugung) Gnädigster Prinz!

Eug. Weg mit aller Ziererey, holdes Mädchen! Hier in diesem Gemach hab ich oft als Kind gespielt, hier oft als Knabe getändelt. Theodosia war meine Jugendgespielin, ihr sanftes, munteres Wesen gesellte mich an sie — komm! laß mich hier an deiner Seite meiner frohen Kinderjahre zurück erinnern.

Theod. Ja — damals war es freylich ganz anders.

Eug. Wie wir oft so munter zusammen scherzten, Hand in Hand durch den Park liefen, uns Blumen pflückten und zu Kränzen banden.

 Theod.

Theod. (in froher Erinnerung) Und denkt ihr noch daran, wie ich einmal in den großen Teich fiel, und ihr in euren kostbaren Kleidern hineinspranget, und mich herauszoget; ach! wie euch da eine Thräne im Auge zitterte vor Freude, einen Menschen vom Tode gerettet zu haben. (unterdrückt eine Thräne) Ach! wie sich das nun Alles so geändert hat.

Eug. Schön geändert bey euch, Fräulein! Was ich keimen sah, ist jetzt Blüthe, was Knospe war, volle Rose!

Theod. Und bey euch?

Eug. Frühe Verwesung! (in ihren Anblick versunken) Aber hier, dieß Haar — es schlägt bis zu den Hüften hinab — einst sah' ichs in dünnen Locken um den Schwanenhals gaukeln, und da gaukelt meine Phantasie mit.

Theod. Wo sie indeß nicht all hingaukelte, eure Phantasie, seitdem dieß Haar sich zur Ehle spann.

Eug. (unruhig) Bey Gott! ich werds nicht satt, euch anzuschauen.

Theod. Und konntet mich doch gestern kaum eines Blickes würdigen, da ihr als Sieger im Triumph in die Stadt zoget.

Eug. O da müßt ihr mir verzeihen, schöne Theodosia! ich sahe euch nicht.

Theod. Verziehen war euch mit der ersten Thräne, die ich im Schmerz um euch weinte.

Eug. Wie? (zudringlich) dieß schöne Auge hat um mich geweint?

Theod. Ist mein Jugendgespiel keiner Thräne werth? O Eugenius! wenn wir wieder Kinder wären!

Eug. (ihre Hand an seinen Mund drückend) Laßt uns Kinder werden wie sonst.

Theod. So küßte, so drückte der Knabe nicht so ungestümm, so brennend —

Eug. (will sie umfassen, Theodosia beugt sich schamhaft zurück) Und so sträubte sich die kleine Theodosia nicht, sie kannte nichts Ungestümmes in einem Kuß.

Theod. Als Kind bracht' ich ihn euch selber.

Eug. Und jetzt verwehrt sie ihn? — o Theodosia! unsere Vergangenheit — sie ist so schön wie ihr — (mit Feuer) könnt' ich sie fest halten in den Schlingen eures Armes, wie euch —

Theod. Schwärmer ihr! —

Eug. Folgt mir auf jene Ottomanne, holdes Geschöpf! (Er zieht sie nach der Ottomanne)

Theod. Da seht, Prinz! euer Bildniß! ach Stundenlang hab' ichs angesehen, habe mit ihm gesprochen, und da war mir immer, ihr nicktet mir freundlich zu, und sprächet mit mir. Seht! es ist der Panzer, den ihr truget, als ihr vor 3 Jahren gegen die Hospodaren auszoget, ach dazumal — wie ihr auf euer türkisches Roß euch hobet, aus dem Schloßhof rittet, und das versammelte Volk euch ein trauriges Lebewohl nachrief — o da bat ich Gott, euch glücklich wieder ins Vaterland zurück zu bringen. Gleich nach eurem Abschied hieng ich euer Bildniß in mein Gemach auf. (Er küßt sie)

Eug. (sich im Gemach umsehend.) Ich sehe, ihr seyd noch die vorige Liebhaberinn der Kunst; von welchem Meister ist denn jener reizende Weiberkopf da gegen über?

Theod. Von Rotti Darjno! Er stellt vor Karls VII. Geliebte, die berühmte Agnese Sorel. —

Eug. (erschrickt.) Agnese — (beis.) doch nicht Agnese Cyani! (laut) O warum izt das? Theodosia! du schleppst mich mit eigenen Händen aus meinem Paradies. O Mädchen! ich bin ein unglücklicher Mensch — (wirft sich auf die Ottomanne)

Theod. Gott! was ist euch? Stoko! eure Wangen verfärben sich. Kennet ihr etwa ein Weib, die sich Agnese nennt?

Eug. Ob ich? (mit fürchterlichem Blick gen Himmel.) Mädchen! schon sah ich dich in den Armen der Verführung — Dank dir, Agnese! dein Name hat gesiegt — Habe Dank, Theodosia! du hast mich zu mir selber zurückgebracht.

Theod. Prinz! mir wird bange. —

Eug. Um meinen Verstand? dafür sey du unbesorgt. Doch wollt' ich lieber krank am Verstand, als krank am Herzen seyn. Theodosia! eine Bitte gewähre mir — Laß mich einige Augenblicke allein. —

Theod. (eine ganze Weile ihn anstaunend.) Mein Vater hat Wahrheit gesprochen. Schade um ihn. Als Knabe versprach er so viel. Armer Eugen! Alles theil ich mit dir, aber den Kopf nicht. (ab.)

Achter Auftritt.

Eugen, hernach Slymba.

Eug. (nach einer Pause.) Agnese! du hast gesiegt! (springt auf.) Morgen reise ich nach Venedig!

Sl. Hier so ganz allein, Eugenius!

Eug. Ganz allein — so eben verließ mich Theodosia.

Sl. Aber Skoko! willst du denn ganz verwelken an dem wollüstigen Schooß der Langeweile, mit Weibern spielen um Küsse, und girren um Schäferstunden, indeß das alte, treue Schwert traurig in der Scheide rostet, und die kahlnackigte Gelegenheit entwischt. O pfuy! Pfuy!

Eug. Wüthe und tobe — du wüthest und tobest umsonst —

Sl. Prinz! verließ ich darum mein Ungarland, um bey euch die Laute schlagen zu lernen, oder Liebesbriefchen zu tragen? Fieng darum für euern Schädel mein Schädel den Säbelhieb des Siebenbürgers auf, damit ihr die Fürstenkrone hinweggeben sollet. Wie! beym ewigen Gott! das macht ihr mir nicht wieder gut.

Eug. Du hast Recht — aber —

Sl. Verdammt, daß ich Recht habe. Und ich — ich soll dem Andreas eure Absagurkunde übergeben? Seht — diese Hand hau' ich mir selber weg, wenn ich das thue — doch, ich will alles abwarten. Skoko! ich denke, ihr habt etwas Großes im Sinn, etwas Großes und Fürchterterliches, denn so kann sich der Mensch nicht umkehren, so kann der Riese nicht zum Zwerge werden.

Eug. Slymba! Morgen reisen wir nach Venedig, und dann sieh meine Agnese, und ich wette, du würdest zehen Kronen in den Staub tretten, um ihr ein Lächeln abzugewinnen.

Slym. (lacht bitter) .....

Eug. Dann wollen wir zusammen in Masolina's Hainen wohnen, und schwärmen dort unter heiligen Myrthen mit Agnese Cyani.

Slym. Ich hör so was gerne, aber ich lieb's nicht.

Eug. Wenn ich so an ihrer Seite dahinschwebe, wenn ihre Hand die meinige umfaltet, ihr Blick sich in den meinen taucht, ihr himmlischer Mund die süssen Sylben: Liebe! singt; wenn ich mit reinem Herzen aufwärts blicken kann zu meinem Gott, und weiß, ich habe gut gethan, und meine Pflicht erfüllt, dann tritt hervor, und sieh in meinem wollustschwehren gebrochenen Blick, was Wonne heißt!

Slym. Und so ein Weib zu lieben — so!

Eug. Slymba! Slymba! beneide mich!

Slymb. (finster) Eugenius! wenn ihr erst da seyd, wo ihr hinschwärmt, früher nicht. Die Phantasie trägt oft die Maske der Vernunft. Wir sprechen uns auch dann. (ab)

Eug. Und immer so, wie heute. (ab.)

Neun-

Neunter Auftritt.

Park. Im Hintergrund desselben ein Gitterthor, welches auf eine reizende, ländliche Aussicht führt, mit Hütten zerstreut. Theodosia mit einem Körbchen voll Früchten. Hernach Claudia mit dem kleinen Felicio.

Theod. Ja — ich will in ihrem Nahmen eine der süßesten Menschenpflichten erfüllen. O es ist so schön, das Herz schlägt so wonnevoll bey dem frohen Gedanken, armen Nothleidenden Hülfe geleistet zu haben. (Claudia und Felicio nähern sich, beide armselig gekleidet.) Da kommen sie ja —

Claud. Edles Fräulein! ihr kommet heute ohne sie, ohne unsere fürstliche Wohlthäterinn?

Theod. Gutes Weib! die Fürstin reiste jählings nach der Hauptstadt zurück — ich übernahm von ihr das schöne Geschäft, dich und deinen kleinen Zögling auf das beste zu verpflegen.

Fel. Und die Mutter hat vergessen, den kleinen Felicio mitzunehmen?

Theod. Und wirst du nicht zufrieden seyn, wenn ich dir verspreche, daß ich deine Mutter seyn will.

Fel. (zaudernd) Ihr? ach ja — aber — ihr seyd zwar auch gut, wie die Mutter, aber ich denke, ich werde euch doch nicht so lieb haben können, wie sie. (Claudia winkt ihm.)

Theod. (lächelnd) Hier, lieber Kleiner! bring' ich dir ein Körbchen mit Pomeranzen und Ananas und süßen Feigen; und so bekömmst du

alle

alle Tage die besten Naschereyen von mir — wirst du mir nun recht gut seyn? lieber Junge!

Fel. (nimmt das Körbchen, und beguckt mit kindischer Freude die Früchten.) Ach ja wohl! das ist etwas anders; nun werd' ich euch wohl bald so lieb haben können, wie die Mutter. Claudia! ich bringe alles nach Haus. (springt ab.)

Claud. So wart nur, du kleiner Wildfang! ich kann ja nicht nachkommen.

Theod. Alte Mutter! bewähret das Kind auf das sorgfältigste. Ich habe den strengsten Auftrag von der Fürstin, täglich nach ihm zu sehen, und eure Mühe und Sorgfalt fürstlich zu lohnen. (ab)

Claud. (allein) O Agnese! Agnese! wie lange wird dieser Betrug unentdeckt bleiben? Hättest du Muttergefühl unterdrückt, und dein Kind in Venedig gelassen, du würdest der Gefahr entgangen seyn, jemals verrathen zu werden. (Wie sie sich umwendet um wegzugehen, kommen ihr Slymba und Eugenius entgegen. Sie entsetzt sich, hält die Hände vor das Gesicht.)

Zehnter Auftritt.

Claudia. Eugenius. Slymba.

Claud. Allmächtiger Gott! wen seh' ich?

Eug. (bebt zurück.) Slymba!

Slymb. Was ists?

Claud. Ist es sein Geist, oder — um alles, was euch je heilig war in diesem Leben, verlaßt mich.

Eug.

Eug. Claudia! was machst du hier?

Claud. (sinkt zu Boden) Ludomiro!

Skymb. Donner und Teufel! was hat denn das zu bedeuten?

Eug. (rüttelt sie auf) Weib! und wenn dich deine Sinne schon verlassen, du schon an der Pforte der Ewigkeit wärest, so will ich dich zurückschütteln, um mir dieses Räthsel zu entziffern. Claudia! wo ist Agnese Cyani?

Claud. Unglücklicher Ludomiro!

Eug. Unglücklich? ha! eine schreckliche Ahndung fährt mir durch das Herz, mein Blut starrt durch meine Adern. (zieht den Säbel.) Claudia! von dir fodre ich mein Weib!

Claud. (bebend.) Gott! ihr seht so gräßlich auf mich herab. Ludomiro! Seyd ihr gekommen, um an mir Unschuldigen Mord zu begehen?

Eug. (langsam.) Mein Weib? ist sie tod?

Claud. Sie lebt! aber ihr, Ludomiro! ihr seyd uns tod gesagt.

Eug. Wer? von wem? (Claudia steht auf.)

Claud. Euer eigener Knecht kam in Trauerkleidern vor fünf Monden — er brachte Agnesens Bildniß, welches sie euch gab — und dahinter hatte eure sterbende Hand geschrieben.

Eug. (zitternd) Was — was geschrieben?

Claud. Ewiges und letztes Lebewohl an Cyani von ihrem sterbenden Ludomiro.

Slym. Das ist ja wohl eine verfluchte Büberey!

Eug. Und wo ist jetzt mein Weib?

Claud.

Claud. Ludomiro! Zwölf Wochen weinte Agnese Tag und Nacht, und Venedigs Lustbarkeiten waren vergeblich erschöpft zu ihrem Trost. Sie ward krank —

Eug. Slymba! hörst du auch Alles —

Slymb. Verdammte Schurkerey!

Eug. Sie ward krank, sagst du?

Claud. Ein reicher unbekannter Mann warb bey ihrem Oheim um Agnesens Hand — Lange widerstand das arme Weib — Vergebens schmeichelte und fluchte ihr Oheim Harduini — sie widerstand —

Eug. Sie widerstand. —

Claud. Aber endlich — o Ludomiro! man drohte ihr mit ewigem Gefängniß —

Eug. (wüthend.) Hörst du's, Slymba! so höre nur.

Slymb. Ich höre!

Claud. Endlich siegte die Bosheit —

Eug. Wehe mir!

Claud. Ueberwunden ergab sich Agnese — die Verlobung gieng vor sich, die Ringe wurden gewechselt — o Ludomiro! nun ist Alles zu spät —

Eug. Zu spät — (steht lange mit bebender Lippe da, schweigend und sinnlos.)

Claud. Agnese reiste ab in des Bräutigams Heimath, mir übergab sie ihr Kindlein, um es treulich zu pflegen und zu warten.

Slymb. Auf, Eugenius! das Schwert in die Faust, und niedergewürgt das Drachenvolk, das die Erde verwüstet.

Eug.

Eug. (schwingt die Klinge.) Hin in das Nest des Räubers, des Verführers —

Claud. Um Gotteswillen, Ludomiro! ihr seyd des Todes — er ist gewaltiger, denn ihr.

Eug. Ha! und wärs Belial leibhaftig, umschanzt mit allen Legionen der Hölle! Wer ists?

Claud. Es ist Andreas, Herzog von Dalmatien!

Slymb. (versteinert.) Andreas von — —

Eug. (mit gelähmter Zunge.) And — reas von Dal — (beginnt zu sinken.)

Eilfter Auftritt.

Vorige. Felicio springt herbey.

Fel. Claudia! wo bleibst du so lange?

Claud. Unglücklicher Felicio!

Eug. (wie aus einem Traume erwachend.) Felicio! (wirft seine Klinge weg, umfaßt mit Ungestümm den Kleinen, küßt ihn.) Mein Sohn! — (hebt das Kind gegen den Himmel empor.) Gott! sey du Richter zwischen mir und ihm!

(Sie bleiben in dieser Gruppe.)

(Der Vorhang fällt.)

Vierter Aufzug.

Erster Auftritt.

Armselige Hüttenwohnung. Eugenius sizt auf einem Stuhl, und hält den kleinen Felix auf dem Schooß, Slymba steht in der Ferne, und stüzt sich auf seinen Säbel.

Eugenius.

So lächle mich noch einmal so himmlisch süß an, herrlicher Junge! — (küßt ihn.) Du willst mich also lieb haben, mich Vater nennen?

Fel. Ach ja — das will ich gerne: aber du bringst mir doch auch Pomeranzen und süsse Feigen und Rosinen, so wie sie mir die Mutter gebracht hat?

Eug. Auch! auch! O Slymba! das sind glückliche Tage, wo man sich Liebe durch eine Handvoll Rosinen erkaufen kann. (herzt den Knaben.) O mein Sohn! als deine Mutter dich mir zum erstenmal brachte — es war das erste Wiedersehen nach halbjähriger Trennung! da lagst du säugend an ihrer Brust, und lächeltest süß mich an, als ich dich das erstemal küßte — da nannte ich dich Felicia, denn der Seegen der Eltern ruhte auf dir. Knabe! dein Nahme sey hinfort Infelicia, denn du bist gebohren zum Unglück; du hast noch eine Mutter, und hast keine mehr. Ich habe ein Weib, und hab' es nicht mehr. Mein Weib wird meine Mutter werden, und Stiefgroßmutter deine zärtliche Mutter dir. (Trocknet sich eine Thräne.)

Fel. (sieht ihn lächelnd an.) Ich verstehe dich nicht, Vater! (wischt ihm mit der kleinen Hand die Thräne vom Auge.) Warum weinst du denn? Felicia will dich ja gerne Vater nennen.

Eug. (steht auf.) O Slymba! ich bin verdammt, ein unseliges Leben zu führen und Verzicht zu thun auf jede Ruhe. — Andreas hat mich schändlich um meine Erdenseligkeit betrogen. —

Slymb. Nach Claudiens Erzählung ist Andreas unschuldig. —

Eug. Unschuldig?

Slymb. Weder er — noch Harduini — selbst Agnese weiß nicht, daß der unstäte Ludomiro Dalmatiens Erbe und rechtmäßiger Fürst ist.

Eug. Slymba! wir kehren nach Jadera zurück — nicht um dort zu herrschen, nein! ich will kommen, um langsam aber nachdrücklich meine Schmach zu rächen. Claudia! warum weinst du?

Zweyter Auftritt.

Vorige. Claudia.

Claud. Ueber euch wein' ich, Ludomiro! und über Agnesen. —

Eug. Agnese ist glücklich in ihrem Purpurmantel, und flicht vielleicht jetzt mit Entzücken das kostbare herzogliche Diadem durch ihr Haar —; Eile, wenn Jahr und Tage vorüber sind, nach Dalmatien, und sey ein Zeuge ihrer Glükseligkeit, wenn bis dahin nicht ein schadenfroher Bube, wie ich, sich eine Lust daraus macht, die eingebildete, erbärmliche Glückseligkeit zu vernichten.

Claud. (besorgt) Ludomiro!

Eug. Claudia! hier empfängst du diese Goldbörse für deine Wartung, den mutterlosen Knaben aber nehme ich mit mir. (gibt ihr einen Beutel.)

Claud. Nein! Behaltet euer Gold, aber den Knaben lasset mir. Agnese übergab ihn mir mit Thränen und Beschwörungen, ihr muß ich ihn wieder ausliefern. O der Knabe ist mir geworden wie Sohn, mein ganzes Herz hängt an ihm — ich will betteln gehen, und ihn mit Allmosen ernähren.

Eug. Thörin! Bin ich nicht des Buben Vater?

Claud. (wirft sich ihm zu Füssen) Ludomiro! auf den Knien beschwör ich euch, trennet mich nicht von diesem Kinde—

Eug. Wohlan! du bleibst bey ihm. Wir kehren alle nach Jadera. Slymba! bringe sie dahin, aber daß sie kein menschliches Auge erblickt — (nimmt Felicio auf den Arm) Und du, Knabe! kommst mit, ich will dich deiner Mutter vorstellen in einem Augenblick, der alles entscheiden

soll,

soll, — Tod und Verderben, Leben und Ruhe auf ewig. (er trägt ihn ab.)

Fel. (streckt die Hände nach Claudien aus). Claudio!

Claud. Felicio! (Alle ab).

Dritter Auftritt.

(Gemach im fürstlichen Pallast in Jadera.)

Fürst Andreas. Agnese Cyani.

And. Meine Agnese! immer so in Träumen? Ueberall find' ich nur euren Körper, euren Geist treff' ich nie, der schwärmt durch andere Gegenden.

Agn. Verzeiht, gnädiger Herr! Er schwärmt nicht, er schläft. Das glänzende eures Hofes wird ihn endlich wohl erwecken.

And. Ihr seyd doch vergnügt, schöne Agnese!

Agn. Vergnügt möcht' ich eben nicht sagen, aber lustig.

And. Ich gäbe Alles darum, meine holde Agnese vergnügt zu sehen.

Agn. Und ich wünschte, Alles zu besitzen, um diesen schönen Wunsch schön belohnen zu können.

And. Aber, was fehlt zu eurem Glück?

Agn. Ach Fürst! eben darinn besteht mein größtes Unglück, daß ich dieß nicht einmal weiß.

And. Was wünschet ihr?

Agn. Unmöglichkeiten! Ich wünschte, die Zukunft möchte Vergangenheit, und die Vergangenheit Zukunft seyn.

And. Agnese! (mit forschendem Blick). Kann ich dich wirklich nicht glücklich machen?

Agn. Kein Mensch auf Erden kann das. — Doch Geduld! ich hoffe noch alles. Man kann ja der Zukunft nicht ins Herz sehen. — Vielleicht sind das Paradiese, was uns in der neblichten Ferne wie Wüsteney erscheint.

And. Agnese! ich liebe dich unaussprechlich, aber dein Herz gewährt mir keine Gegenliebe. Auch ich erwarte von den Händen der Zukunft Alles, Alles. — O Agnese! du weißt nicht, was ich dir geopfert habe, ich habe dich theuer, unendlich theuer erkauft.

Agn. Beruhiget euer Herz, Fürst! Hier unter dem Monde darf nun einmal kein Wesen ganz glücklich seyn. Ich will mich selber zu heilen suchen, versuchet auch ihr es.

And. Vergebens! nur du kannst mich heilen. (küßt ihr die Hand.) O Agnese! du die schönste in Jadera, warum bist du es nicht für mich. (ab.)

Agn. (allein) Die Schönste in Jadera, und warum dir nicht? Wahrlich — du verlangst von mir mehr, als ich habe und dir geben kann, unglücklicher Mann! Du und er — Ludomiro und Andreas! (Pause) Freylich ist es albern, die Freundschaft der Lebendigen mit Kälte zu erwiedern, und

mit

mit fruchtloser Schwärmerey an dem Bilde des Verstorbenen hängen. (sie holt ein Bild aus ihrem Busen.) Hier schläft sein Bildniß — hier an dem Herzen der künftigen Fürstin von Dalmatien! — Einst ruhte er hier, glücklicher war ich damals, als izt. — Elender Tausch! Sonst schwelgte ein unbedeutender Edelmann in meinen Reizen, jezt hängt sich ein Fürst an meine Hand, und ich bin nicht glücklich. Jezt schlingt sich ein prächtiges Diadem um dieses Haar, sonst durchwebte es ein lebendiger Blumenkranz, welchen seine Hand flochte, und doch war ich dazumal glücklicher. (sie küßt das Bild.) O Ludomiro! Ach — dich darf ich hier nicht nennen und nicht lieben. Sonst tändelte ich mit meinem Felicio, und pries mich selig, wenn er mich Mutter nannte; jezt ist ein Prinz mein Sohn, der mich verachtet, weil die Tochter eines armen venetianischen Edelmanns seine Mutter heissen soll. — O Ludomiro! (ab.)

Vierter Auftritt.

(Gemach im Pallast.)

Eugenius in einem prächtigen Panzer, Pickelhaube ꝛc. Slymba. Zaluska.

Zal. Wahrlich — ich erstaune über das Wunderbare dieser Begebenheiten.

Slymb. Eugenius! umsonst stecktest du dich nicht in deinen Brustharnisch, umsonst deckt nicht deinen Schädel diese Pickelhaube — Was hast du vor?

Eug. Meine neue Stiefmutter will ich willkommen heissen.

Slymb. Claudia und dein Sohn sind in Sicherheit. Kein Mensch ahndet, Niemand wähnt die Dinge, die da geschehen sollen

Zal. Langsam zur Rache, Freund Skoko! Belauschen müsset ihr das Betragen und Handeln eurer Gegner, um euch zu überzeugen, wie viel oder wie wenig ein Jeder zu der grausamen Verwirrung des Spieles beygetragen hat.

Slymb. Ja bey Gott! ich lebe nicht mehr für mich, du Mann des Unglücks! ich lebe allein für dich und deine Ruhe. Aber Skoko! rasch ans Werk, nur der Feige zögert. Tritt hin vor deine ehemalige Agnese, rufe ihr zu: Mutter! Mutter! du bist mein Weib!

Eug. Georgi! verführe mich nicht zur Uebereilung. Ich will meinen Gang langsam gehen, um sicher zu gehen. Ich will mich verstellen, lachen, scherzen, um sie sicher zu machen — Slymba! laß mich allein handeln.

Slymb. Und ich?

Eug. Es wird die Zeit kommen, wo deine Thatenlust befriediget werden soll. Du sagst, mein Vater sey unschuldig? Gut — aber die andern Bestien mit Menschenlarven wollen wir foltern langsam und gräßlich, ihre Freuden wollen wir vergiften, ihre Bachanalien zu Todtenfesten umwandeln. Sie sollen bey ihren Banketten erblassen, und hinter ihren Weinbechern über Höllenangst klagen.

Slymb. Und dann —

Eug. Und dann? der Zufall mag sich zu mir gesellen, und mit mir gemeinsam das Spiel vollenden.

Fünfter Auftritt.

Vorige. Ein Leibknecht.

Leibk. Der Fürst! —

Slymb. Muth! Muth! — Skoko! stähle dein Herz mit Verstellung —

Sechster Auftritt.

Vorige. Andreas.

And. Ich bin herzlich erfreuet, dich wieder an mein Herz zu drücken, edler Skoko!

Eug. (mit verstellter Munterkeit.) Gnädigster Herr! die Landluft behagte mir sehr gut — auch gab sich meine ehemalige Jugendgespielin, die schöne Theodosia alle Mühe, mich zu erheitern, und meine düstre Laune in Freude umzuwandeln.

And. Und wie ich sehe, mit dem beßten Erfolg?

Eug. Nicht anders — mit dem beßten.

And. Aber nun, Skoko! deine künftige Mutter erwartet mit Ungeduld den Augenblick, dich zu sehen — willst du sie nicht willkommen heissen?

Eug. Um dieses Vergnügen nicht länger zu entbehren, warf ich mich in dieses Ehrenkleid, um sie nach Würde zu empfangen.

And. Ohne Gepränge, Stoko! sie kommt deiner Umarmung entgegen. (Er winkt dem Leibknecht, die Thür öffnet sich, Agnese Cyani tritt ein.)

Siebenter Auftritt.

Vorige. Agnese Cyani, mit ihr Ritter Wlakka. Tosti. Glyn. Stello.

Eug. (beis.) Sie, ists! einst meines Lebens Freudengeberinn.

Agn. (beis.) Gott! welche täuschende Aehnlichkeit!

Slymb. (leise zu Eug.) Sie erkennt dich nicht — Vernichte nicht die Maskrade — noch ist der Zeitpunkt nicht da.

Agn. (mit zitternder Verbeugung.) Prinz!

Eug. (taumelt in dumpfer Betäubung zu ihren Füßen, und drückt einen brennenden Kuß auf ihre Hand.) Fürstin — Mutter!

Agn. (beis.) Welch geheimer Schauer überwältiget mich. (laut) Prinz, mein Sohn!

And. (beis.) Kaum konnte ich hoffen, daß Eugenius auf diese Art seine Stiefmutter empfangen würde.

(Agnese ist bemüht, den Prinzen aufzuheben, er bleibt auf seinen Knien liegen, mit dem Mund auf Agnesens Hand. Er sucht seine Thränen zu verbergen, und ruft mit trauriger Ironie.) Mutter, o Mutter! (er ermannt sich, reibt sich die Thräne von Aug und Wange, und umarmt Andreas.)

And. Nun mein Sohn! billigest du also die Wahl deines Vaters?

Eug. Ich billige sie — aber verzeiht, daß mich in diesem Augenblick die Wehmuth übermannt. Indem ich hier einer neuen Mutter huldige, wird die Erinnerung an Sophien lebendiger — ich fühle ihren Verlust noch einmal in seiner ganzen Grösse, aber gewiß zum letztenmal. Nur diese eure Gemahlin kann den schweren Verlust ersetzen; nur sie — nur sie — Andreas! ich billige eure Wahl —

And. Folgt mir, Agnese! Ueberlassen wir den Prinzen seiner düstern Laune. Freunde! ich bin ein glücklicher Mann — mein Sohn billiget meine Wahl, nun sind alle meine Hoffnungen erfüllt. Eugenius! von nun an soll man sagen, es habe keine glücklichere Familie gelebt, als die, welche wir jetzt ausmachen. (Er führt Agnesen ab, sie sieht sich noch einigemal wehmuthsvoll nach Eugenius um, die Edeln folgen.)

Achter Auftritt.

Skoko. Slymba. Zaluska.

Pause. (Sie blicken einander an)

Slym. Wie ist dir, Skoko!

Eug. Wohl — sehr wohl Sie ahndet im Eugenius Skoko ihren Lubomiro nicht.

Slym. Und was willst du nun weiter thun?

Eug. Weiter? o am Mehrthun solls nicht fehlen. Ich kann dir nichts voraussagen, was der

Engel

Engel der Rache mir zuflüstert, und die Gelegenheit mir an die Hand giebt.

Slym. Das gefällt mir nicht!

Eug. Still, Georgi! du sollst jauchzen, wenn ich vollendet habe. Ach — Slymba! du hast sie nun gesehen; Zaluska! du hast mein Weib gesehen, das ich Mutter nennen soll. Nicht wahr, Brüder! es ist der Mühe werth, solch ein Weib zu erobern?

Zal. Bey Gott! es ist ein schönes Weib!

Slym. Es ist zu entschuldigen, um solches Weibes willen Tollheiten zu begehen.

Eug. Fühlst du das itzt schon, da du nur ihre Aussenseite kennst, das Unbedeutendste in ihrem Zauberwesen Sehen solltest du sie, wenn sie liebt, und Liebe bekennt — sehen das Auge, wie es spricht, da es itzt nur leichenhaft ruht — hören müßtest du sie, wenn sie die Sprache ihres Herzens redet — ach, Georgi! dann würdest du fühlen meinen Gram, meine Verzweiflung.

Slym. Wenn ich auch nicht fühle, wie du, so ahnd' ich doch deine Gefühle.

Eug. Einst war dieß schöne Weib mein Weib, mein Eigenthum Einst gehörten ihre Mienen, ihre Blicke, ihre Worte, ihre Empfindungen mir. Mir einst das Alles, was ich itzt verloren mit Schauder hinter mir erblicke. O Harduini! über dich, den Kundschafter meines Todes soll ein scharfes Gericht ergehen, dieß schwör' ich euch, edle Ungarn! bey der Asche meines grossen Vaters. (ab.)

Neunter Auftritt.

Fürst Andreas. Hernach ein Trabant. Huggy.

And. (aus dem Seitengemach.) Ich fühle mich so in vollem Maaße glücklich. Nie hätte ich geglaubt, daß Skoko seine künftige Stiefmutter so empfangen würde. Andreas! bald sind alle deine Wünsche erfüllt, und doch findest du nirgends ruhige Stätte. Nur noch eins, nur noch eines ausgelöscht vor den Augen der Welt, und Ruhe wird wieder zurückkehren in meine Seele. Huggy — Huggy ist mir gefährlicher als Slymbas Tapferkeit und Skokos erbliches Vorrecht — er ahndet meine That — Huggy muß fallen!

Trab. Gnädigster Herr! Ritter Huggy wünscht —

And. (schnell.) Er soll kommen. (Trab. ab.) Er ahndet nicht, der gute Greiß! daß die Aufhebung seiner Landesverweisung das Signal zu seinem Tode ist.

Hug. (tritt ein.) Gnädigster Herr! ihr habt mich nach Jadera zurückberufen, und gestern mußt' ich euch schwören, nie mehr eure Residenz zu betretten.

And. Die Gesinnungen des Menschen sind wandelbar!

Hug. Wohl mir, wenn ich keinen Verdacht schöpfen kann, daß hierunter versteckte Absichten meiner Feinde verborgen liegen.

And. Verdacht? — Huggy! ich ließ euch

holen,

holen, um mich mit euch auszusöhnen. Mein Sohn Eugenius nimmt die Absagurkunde nicht an, die ich ihm unterschreiben wollte.

Hug. (verwundernd.) Nicht?

And. Morgen ist meine Vermählung — ihr sollet dieser Feyerlichkeit beywohnen.

Hug. Ihr seyd sehr gnädig. Aber ich ahnde, ich ahnde — (lächelnd.) ich denke, ihr habt etwas ganz anders mit mir vor.

And. Etwas ganz anders?

Hug. (sieht ihm fest in das Aug, ruft ihm mit lauter Stimme zu.) Huggy soll sterben!

And. (erschüttert.) Wie? was?

Hug. Bin zwar reif für die Sichel der Wlakka und Groloh. Seht, gnädiger Herr, ich habe gute Kundschafter an eurem Hofe — das wußte ich schon, ehe mir euer Bote die Aufhebung meines Exils bekannt machte.

And. Ihr irret euch, Huggy!

Hug. Kann seyn, Fürst! ich scheue mich nicht vor dem Tode, nur lasset mich nicht durch Meuchelmörder sterben, daß mein Blut nicht unversöhnt hinüber ruft nach Majolina.

And. (zitternd, beys.) Dein Tod sey dir geschworen!

Hug. Daß ihr doch immer so bleich werdet, wenn ich euch an diese Insel erinnere. Andreas! (schüttelt ihn.)

And. Was ists?

Hug. Liesset ihr mich nicht hieher rufen, um mich morden zu lassen.

And.

And. (fest) Nein! (Man hört vor der Thüre des Gemaches auf einer Zitter klimpern) Was ist das?

Hug. Die neue Zitterschlägerinn aus Genua — Wollt ihr sie sehen (öffnet die Thüre).

Zehnter Auftritt.

Vorige. (Ein altes Weib, mit der Laute unterm Arm, an einer Krücke hinkt herein.)

And. (sie anstarrend) Was ist das?

D. a. Weib. Guten Abend, Herr Bruder mit der Krone. Mann zweyer Weiber, Vater und Großvater und keines von Allen.

And. Was hab' ich mit dir zu schaffen? Wer bist du?

D. a. Weib. Ich bin die schöne Zitterschlägerinn von Genua. Gestern jung, heute alt. Herein hast du mich gerufen, heraus rufe ich dich — nach Majolina.

And. (beis.) Schelmische Verrätherey! (Huggy beobachtet ihn mit unverwandtem Auge.)

D. a. Weib. Gieb mir einen Tropfen Weins, nur so viel, als eine Nußschale füllt. Ich wills treulich bringen einer Bettlerinn, die da wohnt am Meere, wo die Wellen schändliche Dinge von schändlichen Menschen schwatzen, und wohnt in der Erde bey den Todten.

And. (Sie mit grossen Augen anstaunend.) Weib!

D. a. Weib. Ich wills giessen auf den Stein mit dem schwarzen Kreuze — wills giessen ins Meer, und die geschwätzigen Wellen damit bestechen.

And. (mit scharfem Blick.) Bist du mehr als ein gemeines Weib?

D. a. Weib. Ich habe keine Palläste, und bin mehr als du. Ich habe eine Krücke, und bin weniger als Bettlerinn. Willst du mit mir in meine Hütte? Schätzchen!

And. Wo ist deine Hütte?

D. a. Weib. Wo die Todten weinen; (mit grimmigem Blick.) Wo die Todten weinen, und wo die Wellen plaudern.

And. Wer hat dich hieher gebracht?

D. a. Weib. Der Wind von Majolina herüber.

And. Was willst du von mir, was bringst du mir?

D. a. Weib. Du hasts schon, und weißts nicht. Fieberquaal, blaue Nägel und Zähnklappern. Soll ich dir mehr bringen?

And. Sey, wer du willst. Bleibe bey mir in Jadera — ich schenke dir einen Pallast — fordre, ich gebe dir, was du verlangst. —

D. a. Weib. Kalten Angstschweiß! (Pause.) Willst du etwas von mir haben? Hier ist mein Krämchen, such dir aus. (Sie räumt die Taschen.) Ein Schleyer voll Blut und Thränen —

And. (erblassend.) Huggy!

D. a. Weib. Ein Briefchen mit süssen Liebesschwüren, unterschrieben: Andreas!

And. Höllischer Balg!

D. a. Weib. Auch will ich euch ein Todenlied auf meiner Zitter spielen, gesungen einer Fürstinn, die nicht todt war — die begraben wurde in leerem Sarg — über sie weinte das Volk mit dem trostlosen Gatten —

And. (stürzt ab.) Ich bin verloren! (ab in das Seitengemach.)

Eilfter Auftritt.

Vorige. Slymba. Zaluska.

Hug. Fort — fort von hier — Mädchen! oder unser Tod ist gewiß — (Sie wollen fort eilen.)

Slym. Huggy! ihr hier? sahet ihr Skoko nicht?

Zal. Was willst denn du, alte Vettel! (Sie reißt die Maske ab.) Kennt ihr mich, edle Herren!

Slym. Donner und Teufel! Welch ein reizendes Mädchen! Wer bist du?

Blanka. Nennet mich Blanka — Mein Vater — einst der Vertraute des Andreas — hieß Pietrino.

Slym. Und die Ursache dieser Vermummung?

Blanka. (nimmt Slymba und Zaluska an der Hand.) Folget mir nach Majolina — und ihr sollet Alles erfahren. Drüben über dem Meer blühet Skokos Glück bey den Todten, die um Rache ruffen. Auf, wer Eugenius liebt — auf, wer Tugend ehrt und das Laster verabscheut, der folge mir!

Slymba und Zaluska ziehen ihre Säbel. Wir folgen! (mit Blanka ab.)

Hug. Der letzte Gang eines Greises — vielleicht zum Leben oder zum Tod. (ab.)

Zwölfter Auftritt.

(Die Bühne stellt eine sehr reizende Parthie im fürstlichen Park vor. Im Hintergrund zwischen hohen Tannen eine Siedeley, nebenbey eine Wasserquelle, welche sich über eine Felsengrotte giesst. Agnese sitzt auf einem Rasen, und schnitzt die Buchstaben F. S. L. in einen Baum, nachher Bytta.

Agn. So! nun wär' ich damit fertig! Eugenius, Skoko, Ludomiro! (steht auf.) Ach Ludomiro und Eugenius! es ist ein Wunder, welches entweder mir zum Himmel oder zur Hölle gereichen soll. Absichtslos spielt so die Natur nicht — (zu Bytta.) Fandest du ihn nicht, liebe Bytta!

Bytta. Nein! gnädigste Gebieterinn!

Agn. Ich muss ihn sprechen, heute noch sprechen —

Bytta. Aber —

Agn. Ach — ich lebe wieder auf — ich werde wieder glücklich, wie ich es nicht war, nie mehr hoffen durfte nach dem Tode meines Ludomiro —

Bytta. Um Gotteswillen, Agnese! die Verlobung mit dem Fürsten ist schon vorüber.

Agn. Aber noch nicht die Vermählung; o Bytta! einst liebte ich ein solches Gesicht, eine solche Gestalt, ein solches Herz. Kann ich nun dafür, wenn ich wieder liebe, da eben diese Gestalt, wo möglich noch verführerischer wieder erscheint? Eile — säume nicht, liebe Bytta! suche ihn auf — ich muß ihn sprechen, ich will ihn beobachten, erforschen —

Bytta. Vielleicht finde ich ihn dort unten in dem Zypressenwäldchen.

Agn. So eile — du weist, dein Glück hängt an dem meinigen wie ein Kettenglied.

Bytta. Ich eile — aber Agnese! ihr liebet verbotene Frucht! (ab.)

Dreyzehnter Auftritt.

Agnese. Eugenius. Skoko.

Agn. Wenn er nun kömmt — wenn er nun wieder zu meinen Füssen sinkt, so unnachahmlich sanft zu mir hinaufblickt, und mir den süssen Mutternahmen vorstammelt — ach — (Sie blickt in die Ferne) Gott! er ists! wie meine Füsse beben — wie mir das Herz schlägt — Ich will

 mich

mich verbergen, um in der Ferne seine Gedanken zu belauschen. (Sie verbirgt sich hinter ein Gesträuch.)

Eug. (mit umschlungenen Armen, tief in Gedanken versunken.) Hier — diese Siedeley soll ihr Lieblingsplätzchen seyn! der Abend wird schön — vielleicht entfernt sie sich auf einige Augenblicke aus dem Geräusche der grossen Welt, und sucht Ruhe in dieser Einsamkeit. Was sehe ich? E. S. L. frisch eingeschnitten in diesen Baum? Ja — sie war hier — wie wenn diese Buchstaben — Eugenius Skoko — (zieht seinen Dolch heraus, krizelt darunter:) A. —

Agn. Was macht ihr da, Eugenius Skoko!

Eug. (der Dolch fällt ihm aus der Hand.) Ich — ich sah die Buchstaben, und wollte blos zum Scherz versuchen, ob ich auch das Schreiben nicht verlernt habe.

Agn. Zum Scherz nur? und welcher Buchstabe sollt' es werden?

Eug. Ich glaube ein R — oder ein F — vielleicht wohl gar der erste eures schönen Nahmens.

Agn. Warum denn eben meines Nahmens?

Eug. Verzeiht! ich weiß nicht — aber ich war so mißgestimmt, zerstreut, gedankenlos —

Agn. Gedankenlos? ein Mann wie ihr? Wer hat denn euren Sinn so ganz von euch gezogen?

Eug. Vielleicht diese schöne, romantische Gegend — der Gärtner erzählte mir — (Pause) o meine

Mut-

Mutter! Alles gäb' ich hin, in solcher Einsiedeley mein Leben zu beschliessen.

Agn. Wahrlich! ich hätte in meinem Sohn den Schwärmer nicht vermuthet.

Eug. Ja — ja — der bin ich — und vergebt mir, liebe Mutter! ein gefährlicher Schwärmer bin ich — (für sich.) O Agnese!

Agn. (ihn gerührt anblickend.) Was fehlt euch, geliebter Sohn! (sie reicht ihm die Hand.)

Eug. (küßt sie.) Ach — daß ihr bald Sohn mich nennen, daß ihr meine Mutter werden wollet? (mit einem festen durchbohrenden Blick) Agnese Cyani!

Agn. (unruhig) Eugenius! Was ist euch?

Eug. Ich habe einen Vater, und wünschte wohl, er wäre weniger. Ich habe eine Mutter, und wünschte sehr, sie wäre mehr. Hier ist die Quelle meines Elends.

Agn. (ernst.) Eugenius! verstand' ich dich?

Eug. (aufbrausend.) O du! o du! das liebe Du! so hieß mich meine Mutter auch. (er küßt mit Ungestümm ihre Hand.) O Mutter!

Agn. Eugenius! ihr vergesset —

Eug. Und was? Ist Sohnes Zärtlichkeit Verbrechen? Mutter! ich liebe euch — zwar soll ich euch lieben wie ein Kind, aber was kann ich dafür, daß ich nicht Kind mehr bin. Ich liebe euch wie ein Jüngling.

Agn. Das Kind liebt aus blindem Instinkt, weil die Natur will; der Erwachsene liebt aus Ueberzeugung, weil sein Verstand gebietet.

Eug. Aber wo der Verstand nur die Neigung regiert, ist eitel Achtung, wo das Herz spricht, ist eitel Liebe. Mutter! und bey euch redet allein mein Herz.

Agn. Ich versteh' euer Herz nicht.

Eug. Das wäre hart. Meine Vernunft nennt euch Mutter, mein Herz nennt euch Agnese. Der Verstand nennt euch ihr, das Herz ruft euch mit dem vertraulichen Du. Der Verstand gebeut mir: fleuch von hinnen, Eugenius! das Herz lispelt dazwischen: Bleib, wo du bist, Agnese Cyani ist dir nicht unhold — Wer von Beyden hat Recht?

Agn. (an ihn hingesunken.) Das Herz!

Eug. (entzückt.) O Mutter! O Agnese!

Agn. (nach einer Pause.) Eugenius! laß uns aufbrechen.

Eug. Nimmermehr! Kaum hab' ich dich gesehen, du Holde: so willst du mir entfliehen.

Agn. Laß mich! Wenn man uns hier fände — Säh' uns das Auge der Menschen, behorchte uns ihr Ohr, so wären wir strafbare Missethäter vor der Welt — Laß mich! (will fliehen.)

Eug. Nein! so laß ich dich nicht von hinnen! Ein Kuß von dir versiegelt unsern Bund.

Agn. Ein Kuß der Freundschaft! (drückt ihm die Hand.)

Eug. Ein Kuß der Liebe! Agnese!

Agn. (bebt zurück.) Was willst du, Skoko! deine Hand zittert wie ein Verbrecher, deine Zunge stockt wie vor einer Gotteslästerung. Kann ein Sohn einen Kuß der Liebe von seiner Mutter fordern?

Eug. (stürzt zu ihren Füßen.) O Cyani! wer hat dich zu meiner Mutter berufen?

Agn. Frevler!

Eug. Laß uns in jene Siedeley — Wer belauscht uns dort?

Agn. Das Auge des Allwissenden!

Eug. Mutter! den ersten Kuß der Liebe! (umfaßt sie bebend.)

Agn. (reißt sich los.) Verführer! Bösewicht! (will fliehen. Kehrt zurück mit ausgestreckten Armen.) Nimm ihn hin den Kuß der Liebe! (Harduini kömmt in der Ferne, bleibt wie versteinert stehen.)

Hard. Was seh' ich!

(Der Vorhang fällt.)

Fünfter Aufzug.

Erster Auftritt.

(Gemach im fürstlichen Pallaste.)

Andreas. Eugenius.

Andreas (im fürstlichen Anzuge.)

Nein! ich mag es nicht abläugnen, ich bin sehr verstimmt, sehr unwirsch.

Eug. Aber heute — an eurem Vermählungstage?

And. Wir sind nicht Herrn unseres Selbsts.

Eug. (mit Nachdruck.) Ja wohl, gnädigster Herr! es gebietet über uns ein eisernes Schicksal. Zum Beweise: Ich gebe euch heute im großen Versammlungssaal die Absage auf Dalmatiens Reich, und ihr verschreibet mir dagegen die nahe Insel Majolina zu meinem ruhigen Aufenthalt.

And. Ich bins zufrieden. Aber warum willst du eben Majolina, die wüsteste von allen unsern Inseln dir zum Wohnplaz ausersehen?

Eug.

Eug. Mein alter Freund Huggy hat sie mir empfohlen, und ich schäze den alten Mann viel zu sehr, als daß ich nicht seiner Forderung Gehör leisten sollte.

And. Also Huggy ist die Ursache? Eugenius! dich drückt irgend ein Kummer — Sey offenherzig, ich möchte um Alles in der Welt nicht froh seyn, wenn Eugenius trauerte.

Eug. Wohlan! den Anfang mache ich mit dem Geständniß, daß ich euch mit meiner Fröhlichkeit getäuscht habe. — Glaubt mirs, ich scherze in dem Augenblick, wenn sich Flüche an meine Lippen dringen — ich lächle, und knirsche dazu mit den Zähnen, ich lache, bis mir die Augen feucht werden.

And. Behüte der Himmel!

Eug. Ich bin Meister in der Büberey, kann manchen so zärtlich, so freudetrunken umarmen, dem ich lieber in eben der Minute den Odem aus der Nachbarschaft seines schurkischen Herzens pressen möchte.

And. Du erschreckst mich. Ich beschwöre dich, nenn mir die Ursachen deines Mißmuths — nenne mir den verwegenen Bösewicht, welcher dich um den Frieden deiner Seele brachte — Ist er ein Dalmatier?

Eug. Ihr sollt ihn kennen lernen, im großen Versammlungssaal — in Gegenwart von Dalmatiens Edlen — an der Seite eurer angebeteten Agnese Cyani. (ab.)

Zweyter Auftritt.

Unterirdisches Gewölbe auf der Insel Majolina; im Hintergrund eine Nische, mit einem schwarzen Vorhang behängt; wenn der Vorhang aufrollt, sieht man ein prächtiges Polsterbett, worauf eine tief verschleyerte Figur sitzt, vor ihr kniet Blanka, ihr die Hand mit Küssen übersäend.

Huggy. Slymba. Zaluska.

Slymb. Wohin führt ihr uns, Alter!

Hug. Diesen Weg lernte ich kennen, als ich Andreas träumen hörte.

Zal. Fahret doch fort in eurer Erzählung. Was geschah denn nun weiter mit der Fürstin Sophie?

Hug. Sie hatte schon ein halbes Jahr hin gekränkelt, die Aerzte riethen ihr die Veränderung der Luft an. Man brachte sie hieher nach Majolina.

Slymb. Hieher? Ich ahnde schreckliche Dinge.

Hug. Aber sie kam nicht wieder zurück?

Slymb. Sie starb?

Hug. (bitter lächelnd.) Ja ja — sie starb. Andreas war untröstlich — alles, was die Verstorbene geliebt und geschätzt hatte, belohnte auch er mit seiner Gnade. Auch ich gewann nun seine unbegränzte Gunst — am Tage mußte ich stäts um ihn seyn, sogar des Nachts mußte ich in seinem Kabinette schlafen.

Slymb. Und da träumte er —

Hug. Er träumte — — o Gott!

Slymb. (ihn anstarrend.) Was ist dir, Alter! deine Augen verglasen — deine Muskeln zücken —

Hug. Kommt mit mir, tapfre Ungarn! Männer und Zeugen! ich will euch einweihen zu dem großen Geschäft des heutigen Tages — vorbereiten will ich euch zu großen Thaten —

Slymb. Zaluska! sahest du mich schon fechten in der Schlacht?

Zal. Ich sah dich fechten, Slymba! und vergesse nicht den Augenblick, als du beym Felsen Murany 12 Rebellen fandest, und du unter den Zwölfen so lange rasetest mit der Klinge, bis sie allesammt darniederlagen.

Slymb. Hast du mich je gesehen vor oder in der Todesangst bleich werden, oder gen Himmel schauen, oder die Hände reiben, wie einer, der sich wärmen will?

Zal. Nein!

Slymb. Zaluska! ich schaudre und friere in einer sonderbaren Empfindung in Erwartung schrecklicher Dinge — (Huggy berührt eine Feder, der Vorhang rollt auf.)

Dritter Auftritt.

Vorige. Fürstin Sophie. Blanka.

Zal. (erschüttert.) Was ist das? Ist diese Figur dort lebend, oder Stein?

Slymb. Wer ist die verhüllte Gestalt, Huggy!

Hug. Beuget eure Knie vor dieser Gestalt — heiliget euch durch ihre Tugend, und ihr werdet frevellos erscheinen vor Gott, wenn ihr heute im Gefecht erschlagen werden sollet. (sie knien hin.)

(Die Gestalt erhebt sich.) Edle Ungarn! gehet hin zum Kampf für die Gerechtigkeit, zum Kampf für die Tugend, zum Kampf für Lebendige und Todte —

Slymb. Um Gotteswillen! wer seyd ihr?

(Sie erhebt den Schleyer.) Sophie, Fürstin von Dalmatien!

(Sie raffen sich auf, ziehen ihre Säbel, eilen ihr zu Füssen.)

Slymb. Unglückliche! wir wollen dich rächen!

Zal. Rächen — so wahr Gott über uns lebt —

Hug. Ungarn! nicht rächen! vergeben!

(Sie bleiben Alle in dieser Gruppe. Die Bühne verändert sich.)

Vierter Auftritt.

(Gemach der Agnese. Sie ist prächtig gekleidet, und kommt mit Harduini aus dem Seitengemach.)

Agnese. Harduini.

Hard. Aber ihr vertrübt euch selber das Leben.

Agn. Nein, Oheim! nur allein ihr habt die Blüthen meiner Freude abgestreift mit grausamer Hand. Gott mag es euch vergeben! (Sie weint.)

Hard.

Hard. Liebe Nichte! wie kleiden diese Thränen das Aug' einer Fürstinn so schlecht — an dem Tage ihrer Vermählung.

Agn. O ihr habt mein ganzes Schicksal schändlich und auf ewig verderbt.

Hard. Wahrlich! ihr verstehet noch nicht, eure Rolle mit Anstand auszuführen, wie man es von einer Tochter der Republick erwarten sollte.

Agn. Da habt ihr Recht, Oheim! ich versteh' es nicht. Hat mir die Vorsehung nicht deutlich genug meinen wahren Standpunkt in dieser Welt offenbart? Wohnen sollt' ich im Dunkeln; in der Einsamkeit sollt' ich mich meiner Tage freuen — und ihr risset mich so bübisch aus den Armen des Glückes. Ich bin Mutter, Mutter bin ich, Harduini! und meine Muttergefühle schweigen nicht in mir. Mein Sohn ist hier in der Nähe — ich werde ihn als fremdes Kind annehmen, und so das Andenken meines Ludomirs in seinem Kinde verehren.

Hard. Seyd ihr die Gemahlinn des Andreas, so wird diese List auf eine leichte Art ausgeführt werden können. Nur seyd freundlicher, zärtlicher gegen ihn. — Erst gestern sagte er: Harduini! ihr habt mir ein Himmelreich durch dieses Weib versprochen, aber ihr habt mich betrogen.

Agn. (feuriger) Das habt ihr! das habt ihr!

Hard. (mit scharfem, drohenden Blick gegen sie.) Agnese Cyani!

Agn. (stolz.) Noch einmal, Harduini! schändlich

lich betrogen habt ihr ihn und mich. Um allen meinen Frieden, um alle meine Ruhe — (mit steigendem Affekt.) um alle Lust meiner Jugendtage, um alle frohe Aussichten in die Ewigkeit hinüber habt ihr mich betrogen. (wild) Harduin! ihr wißt noch nicht Alles! euer gottloser Ehrgeiz hat mich in ein Labyrinth geworfen, aus welchem ich mich nicht wieder herausfinde; hat mir eine schlüpfrige Lebensbahn angezwungen, hat mir Nattern ans Herz gesetzt, die mit giftigen Zähnen an der Wurzel meines Lebens spielen.

Hard. Nichte! wozu das Schwärmen — welche Grillen!

Agn. (bitterlich weinend.) O ich war sonst so glücklich — ihr seyd der Mörder aller meiner Wonne, aller meiner Hoffnungen. Meine Tugend ließ mich ruhig die Augen schliessen am Abend, heiter aufleben am Morgen —

Hard. Wahrhaftig, eine schöne Tugend, sich in die Arme eines unbekannten Wüstlings zu werfen.

Agn. (edel) War Ludomiro vor Gott und der Welt nicht mein rechtmässiger Gatte? war ich nicht sein rechtmässiges Weib! und jetzt bald Gemahlinn eines Fürsten, den ich nicht lieben kann.

Hard. Wenn ihr ihn auch gleich nicht liebet, so versichert euch nur wenigstens durch weibliche Verschlagenheit euer künftiges Glück.

Agn. (stolz) Schweigt von solchen Anträgen, oder ich spreche mit euch als eure künftige Gebieterinn. Mein Herz leidet keinen Zwang.

Hard.

Hard. (unterthänig.) Wohlan, gnädige Fürstinn! so eil' ich zu meinem Gebieter, ihm diese Antwort zu überbringen. (boshaft lächelnd.) Wenn er nun fragt, wie er die Antwort verstehen soll, so will ich mir ein Vergnügen daraus machen, die Erklärung zu übernehmen. Zum Beispiel: daß Prinz Eugenius jünger und reizender seye — daß meine Nichte mit der Zwanglosigkeit ihres Herzens auch Geschmack, feinen, zarten Geschmack verbände. —

Agn. (unruhig und erröthend.) Um Gotteswillen!

Hard. (sie scharf betrachtend.) Er würde vielleicht euren guten Geschmack in Zweifel ziehen — dann führte ich ihn einmal zur bequemen Stunde in den Park — da giebts trauliche Lieblingsplätzchen — bey der Einsiedeley — da läßt es sich —

Agn. (sich sammelnd.) Spion!

Hard. (sie mit donnernder Stimme anfahrend.) Dirne! Meze!

Agn. (sinkt entkräftet auf den Sessel, es folgt eine Stille, sie sinnt über einen gewaltsamen Entschluß — ihre Lippen beben, ihr Auge stiert gegen den Boden hin. Harduini lehnt sich kalt und forschend mit nachlässig in einander geschlungenen Armen ihr gegenüber an die Wand. Agnese springt schnell auf, eilt zum Harduini, drückt ihm gräßlich lächelnd die Hand, und zerrt ihn fort.

Hard. (erschrocken sie betrachtend.) Wohin, Nichte!

Ag. Zum Andreas. Ich will ihm Alles bekennen, will ihm verrathen, was du zu verrathen auskundschaftetest; will ihm offenbahren, daß ich nicht als Jungfrau, sondern als Wittwe in seine Arme von dir geführt werde, will ihm sagen, daß ich einen Sohn habe, daß — komm — komm — Schurke!

Hard. (erschüttert) Agnese! Seyd ihr rasend?

Ag. Vorwärts zum Andreas!

Hard. (sie umklammernd) Nichte! Nichte! Verderbet mich nicht. ((fällt auf die Knie) Werdet ihr euer Vorhaben ausführen, so kostet es mein Leben. Seyd ruhig, besinnt euch, macht das nicht zum Ernst, was ich im Scherz sprach. Nehmet den Andreas zum Gemahl, und liebet den Eugenius — — —

Ag. (ihn verächtlich von sich stossend) Abscheulicher Doppelzüngler! Verlaß mich!

Hard. Agnese! Bedenket — ich bin der Bruder eurer Mutter!

Ag. Unmöglich! das kannst du nicht seyn — meine Mutter war ein ehrliches Weib! du bist ein Bastard. (ab)

Hard. (auf den Knien ihr nachblickend, steht auf.) Ein Bastard? (den Kopf schüttelnd) hm! hm! mit dem Weib werd' ich schlechte Ehre in Jadera einlegen. (ab)

Fünf-

Fünfter Auftritt.

Vorhof in dem Pallaste. Eugenius in kalabrischer Kleidung, wie er sie einst als Ludomiro trug. Eugenius: Slymba.

Eug. Der alles entscheidende Augenblick ist da — In dieser Kleidung soll sie mich sehen, und in mir ihren Gatten, ihren Ludomiro erkennen. Wo doch Slymba und Zaluska so lange bleiben mögen — noch sah' ich sie heute mit keinem Auge — und doch habe ich ihrer so nöthig —

Slym. (schnell hereinstürzend) Seyd mit gegrüßt, Eugenius Skoko! den ich in einer Stunde als Herzog von Dalmatien umarmen werde.

Eug. Bist du von Sinnen? woher kömmst du?

Slym. Von Majolina herüber. Skoko! von daher weht ein guter Wind für dich.

Eug. Wie verstehst du das?

Slym. Wirst mich heute schon noch verstehen. Wetter! und wie du so geschmückt da stehst, so köstlich und süß, als wolltest du deine Hochzeit feyern.

Eug. Du bist ja sehr guter Laune.

Slym. Das bin ich. Aber sagt mir nur, Skoko! warum habt ihr die dalmatische Tracht so stuzerhaft italienisirt? Um und um in serisches Tuch gewickelt, mit Goldborden besäumt, und gerade heute, da ihr um die Herrschaft Dalmatiens werbt —

Eug. Ich werbe nicht, — ich erbe.

Slym. Ein schwarzes Biret von Sammet, mit goldenen Schnüren befädelt und hohen weissen Federn beweht — ein hellrothes Wamms mit schwarzen Borden, einer Violenfarbnen Balandrane, Schuhe mit gekrümmten Schnabelspitzen — ganz italiänisch —

Eug. Giorgi! ich erscheine als der Kalabrier Ludomiro, und fodre mein Weib — ich fordere dem Stiefvater die Stiefmutter ab.

Slym. Alles vortrefflich! Aber gerüstet sollten wir heute gehen wie zu einem Treffen, denn ich wittre Blut. Die Trabanten sind alle wohl bewaffnet und angestellt — im Schloßhofe sind gegen 300 Schützen versteckt. Meine Ungarn passen auf den Wink, und lauren im Hinterhalt; und der alte Huggy! — — — nun ja, der wird wohl auch zu rechter Zeit erscheinen. (Trompetenschall in der Ferne) Was ist das?

Eug. Der Herzog wird mit seinem Hofstaat in den Versammlungssaal ziehen.

Slym. So müssen wir eilen —

Eug. Und wegen meinem Sohn?

Slym. Ist schon Alles besorgt — ein Wink von mir an Zaluska, und er liegt in deinen Armen.

Eug. Nun dann, Bruder! in Gottes Nahmen! (drückt Slymba die Hand) Ein wichtiger Schritt! ein Schritt, der mir meine Ruhe bringt, oder mich auf ewig unglücklich macht. (ab)

Sechster Auftritt.

(Prächtiger, gothischer Saal. Andreas und Agnese Cyani sitzen in ihrer fürstlichen Pracht auf dem Thron, um welchen alle Edlen des Landes versammelt sind. Im Hintergrund starke Wache der Leibtrabanten) Andreas. Agnese. Harduini. Ritter Slan. Theodosia. Mehrere Edeldamen. Wlakka. Tosti. Stello. Groloh. Mehrere dalmatische Edelleute.

And. (sieht sich um) Eugenius noch nicht hier — Was mag ihn hindern, sein Versprechen zu erfüllen. (Trompetenschall. Jubelgeschrey vom Volk im Vorgemach.)

Volk. Vivat Eugenius Skoko!

Slan. Er kommt, begleitet von dem Segen des Volkes!

Siebenter Auftritt.

Vorige. Eugenius tritt ein, mit ihm Slymba, Zaluska, Huggy, wie Agnese ihn in seiner veränderten Kleidung erblickt, beginnt sie zu sinken.)

Agn. Gott! wen seh' ich — (mit einem Schrey) Ludomiro!

And. Was ist das? (steht auf)

Alle. (untereinander) Was hat dieser Zufall zu bedeuten?

Eug. (tritt unter sie) Hört mich an, ihr edeln Ritter meines Vaterlandes! Zu euch, ihr Helden! die ihr unter den Fahnen meines glorwürdigen Vaters Albertus Lorberkränze um eure Helme sammeltet; zu euch, ihr Brüder und Jünglinge, deren Väter mit meinem Vater Glük und Unglük theilten, zu euch red' ich, Albertus Sohn — Dalmatiens rechtmässiger Erbe. (Gemurmel unter einander.)

And. Skoko! was unternehmet ihr?

Eug. Bey dem heiligen Schatten meines ehrwürdigen Vaters, welcher uns in diesem feyerlichen Augenblick umschwebet, da sein Sohn den geraubten Thron zurückfordert, bey seinem heiligen Schatten seyd beschworen, Ritter! Helden! nehmet mich in euren Schutz — wer mich lieb hat, wem meines Vaters Andenken noch ehrwürdig ist, trete zu mir, und nehme sein Schwert — (Ritter Glan, Huggy — Mehrere dalmatische Ritter. Slymba. Zaluska. Alle ziehen die Säbel, und umringen Skoko.)

Alle. Hier—hier! Vivat Eugenius Skoko!

And. Verderben über euch! ihr Ungetreuen!

(Wlakka. Groloh. Tosti. Harduini und andere ziehen ebenfalls die Säbel, und wollen sich jenen entgegen stellen).

Eug.

Eug. (stellt sich an der vorigen Spitze mit aufflammender Wildheit) Halt! der erste, welcher mir Widerstand thut, giebt das Signal, daß in eben dem Augenblick dieser Versammlungssaal zum Schlachtfelde werde. Fünfhundert Ungarn harren meines Winkes — Trabanten! besetzet die Thüren, daß keiner dieser Herren da (auf Harduini, Wkakka rc. zeigend) zu frühe diesen Ort verlasse — Und nun hört mich an: Euch allen ist bekannt, daß Albertus mich zum Erben Dalmatiens erkohren und testamentlich berufen habe. Edle Männer! sind euch eure Rechte heilig — Dalmatier! ist euch die Tugend heilig, so gebt mir mein Erbtheil zurück, das mir die Natur gab —

And. Vertheidiget euch — Greifet ihn — (es entsteht ein gewaltiger Lermen. Einige von der Gegenparthey schwingen ihre Säbel über Eugenius.)

Hug. (stellt sich vor ihn hin) Haltet! zerspaltet diesen grauen Schädel, mein Tod geht voran, ehe ihr Albertus Sohn fanget.

Eug. Geduld! ich bin noch nicht zu Ende; Hört mich an, ihr frommen Dalmatier! die ihr eure Weiber und Töchter lieb habt, ich will euch ein Märchen aus der wirklichen Welt erzählen.

Slym. (winkt) Zaluska geht ab.

Eug. Dalmatier! ich bin verheirathet, habe Weib und Kind — verheirathet gesetzmässig und rechtlich, vor Gott und der Welt. (auf Harduini zeigend) Dieser Bösewicht erklärte mich bey meinem armen Weibe

für

für todt — betrog diese hier — diese! — diese! (Er stürzt hin zu Agnesen, die blaß und sprachlos in seine Arme sinkt, und sich von ihm in die Mitte des Saals schleppen läßt.) Dalmatier! diese ist mein Weib! (Neues Getümmel.)

Agn. Ludomiro! Eugenius! (zu seinen Füssen sinkend.)

And. Ha! ich Unglücklicher! (Zaluska trägt den kleinen Felicio herein. Eugenius nimmt ihn aus seinem Arm, hebt ihn hoch empor gegen die Edeln des Volks.)

Eug. Dalmatier! dieß ist mein Sohn!

Agn. (streckt ihre Arme nach ihm aus.) Felicio!

Fel. Mutter!

Alles (ruft in wilder Freude) Vivat Eugenius Skoko!

(Ritter Wlakka hat sich indessen zum Fenster geschlichen, ruft hinaus.)

Wlak. Dalmatier! wer seinen Herzog Andreas liebt, verfechte ihn mit seinem Blut! (Klingen gegen Klingen stürzen zusammen, schreckliches Getümmel im Vorgemach).

Slym. (haut nach Wlakka) Nehmt ihn gefangen, oder ich erschlage den Molch hier vor euren Augen.

Eug. (ficht mit Tosti und Stello) Laßt mir meinen Säbel, oder ich breche euch den Arm entzwey.

zwey. (Das Getöse auf der Strasse vermehrt sich. Man hört Trommeln wirbeln, Trompetenstösse — Waffengeklirre. Die geschlossenen Thüren des Saales werden aufgesprengt — Slymba eilt hinaus. Ungarische Edelleute mit gezogenen Säbeln stürzen herein, das Volk drängt sich durch — ein Theil desselben bleibt im Vorgemach. Jubelgeschrey) Blanka. Friede! Friede über Dalmatien —

Slym. (dringt sich durch das Volk, trägt Fürstin Sophie herein, erhebt ihren Schleyer). Dalmatier! kennet ihr diese da?

Soph. Mein Sohn, Eugenius!

Eug. (stürzt zu ihren Füssen) Um Gottes willen — Mutter!

Alle. Fürstin Sophie — (die Ritter schaudern zurück, die Säbel entfallen ihren Fäusten.)

And. Ich bin verloren! (sinkt zusammen)

Eug. Mutter ihr lebt?

Soph. O mein Sohn!

Hug. Dalmatier! kniet nieder! seht her, es ist ein Gott im Himmel, der die Schicksale der Menschen regieret, und ihre Gedanken wiegt. (Alle knieen hin, ausser Harduini, Wlakka, Tosti und Groloh, welche dem sinkenden Andreas zu Hilfe eilen.)

Alle. (schwören auf ihre Säbel) Wir huldigen Eugenius Skoko, dem rechtmässigen Erben von Dalmatien!

Das

Das Volk. Vivat Eugenius Skoko!

Eug. (holt Agnesen und ihr Kind, sie knien zu Sophiens Füssen) Mutter! euren Segen meinem Weib und eurem Enkel —

Soph. (erhebt ihre Rechte) Kinder!

Alle. (stehen auf, schwingen die Säbel, und rufen jubelnd) Heil und Segen über Eugenius Skoko! Friede über Dalmatien!

Eug. Friede über Dalmatien! (Trompetenschall).

(Unter dieser allgemeinen Gruppe fällt der Vorhang.)

Ende des Schauspiels.

www.ingramcontent.com/pod-product-compliance
Lightning Source LLC
Chambersburg PA
CBHW022146020726
47496CB00008B/2581
* 9 7 8 3 7 4 3 6 3 0 4 4 4 *